REINVENÇÃO DA INFÂNCIA

SALIM MIGUEL

REINVENÇÃO DA INFÂNCIA

romance

novo século®

São Paulo 2011

PRODUÇÃO EDITORIAL Equipe Novo Século
IMAGEM DE CAPA Meyer Filho, cedida pelo Instituto Meyer Filho
COMPOSIÇÃO DE CAPA Equipe Novo Século
REVISÃO Giacomo Leone

Dados Internacionais de Catalogação na Publicação (CIP)
(Câmara Brasileira do Livro, SP, Brasil)

Miguel, Salim
Reinvenção da infância : romance / Salim
Miguel. -- Osasco, SP : Novo Século Editora, 2011.
1. Romance brasileiro I. Título.

11-02584 CDD-869.93

Índices para catálogo sistemático:
1. Romances : Literatura brasileira 869.93

2011
IMPRESSO NO BRASIL
PRINTED IN BRAZIL
DIREITOS CEDIDOS PARA ESTA EDIÇÃO À NOVO SÉCULO EDITORA
Rua Aurora Soares Barbosa, 405 – 2º andar
CEP 06023-010 – Osasco – SP
Tel: (11) 3699-7107 – Fax: (11) 3699-7323
www.novoseculo.com.br
atendimento@novoseculo.com.br

Para Eglê, incentivadora e crítica exigente, ao lado de quem 64 anos de vida em comum são um instante.

Ao filho Paulo Sérgio e ao neto Jorge Luiz, pela paciência e interesse com que digitaram várias vezes estes originais.

A Valéria Martins pelo empenho e apoio.

Aqui dou término à parte pessoal do meu relato. O resto está na memória (quando não na esperança ou no temor) de todos os meus leitores. É suficiente para mim recordar ou mencionar os fatos subsequentes com mera brevidade de palavras que a côncava lembrança geral enriquecerá ou ampliará.

Tlön, Uqbar, Orbis Tertius, Jorge Luis Borges

Naquele tempo a escuridão se ia dissipando, vagarosa. Acordei, reuni pedaços de pessoas e de coisas, pedaços de mim mesmo que boiavam no passado confuso, articulei tudo, criei o meu pequeno mundo incongruente.

Infância, Graciliano Ramos

Sumário

1

E vão

Era uma vez, tarde da noite, o luar enluarava a mata farfalhante, o marulhar da areia na praia, o suave murmúrio do aqueduto, o monjolo quieto, o casarão, na parte de cima a sala, a copa, a cozinha, os quartos, a varanda aberta para o mar, na parte de baixo o engenho de farinha de mandioca, ao lado um quarto escuro com uma pequena abertura, onde escravos rebeldes, depois de açoitados, ficavam dias ou semanas.

Na sala vazia a voz caio, caio, caio e cai uma perna, caio, caio, caio e cai outra, caio, caio, caio e cai o tronco, caio, caio, caio e cai o pescoço, caio, caio, caio e cai a cabeça, sem cabelos, sem orelhas, sem olhos, sem nariz, sem boca. Rejuntados os pedaços a figura vai minguando até se tornar quase invisível no assoalho de madeira encerada, logo volta a crescer chegando até as telhas, ao mesmo tempo em que o casarão já não mais é, o navio trazendo no porão imigrantes e escravos zarpa de um porto ignoto para um destino igualmente ignoto, enquanto a mesma voz reboa vamos, vamos, vamos, rápido, para o ontem, para o hoje, para o amanhã. Vamos, vamos, vamos. E vão.

2

O Bugre e o Turco

O encontro daqueles dois meninos, quase da mesma idade, sete anos, tão distantes um do outro, e mal sabiam algumas palavras de português, embora um se expressasse em tupi-guarani e o outro em árabe. Ainda assim logo...

Leitor, preciso recuar um pouco para te situar na história.

O ano: 1930; a localidade: Alto Biguaçu; era a quinta vez em quatro anos que a família, vinda do outro lado do mundo, buscava um chão. Começara por Magé, RJ, onde a tentativa de mascatear falhou; em Florianópolis os patrícios alertaram que ali havia comerciantes em excesso; jamais foi explicado de que maneira acabaram em São Pedro de Alcântara, lá um começo promissor logo se transformou em desilusão, o mesmo ocorrendo em Rachadel, outro núcleo de colonização alemã. Agora era a vez de Alto Biguaçu. Seo Zé abriu uma vendinha na casa alugada por Dona Joaninha Regis. A uns duzentos metros estava o armazém bem afreguesado de Seo Fermiano que era gente boa e logo quis ajudar Seo Zé.

Retomo o fio da história lá do começo.

Fazia três dias que a venda, ainda por arrumar, tinha sido aberta, quando de manhãzinha Seo Zé viu um menino meio escondido, papagaio no ombro, olhava curioso, chamou-o, o menino não respondeu e se escondeu mais, ao mesmo tempo em que o papagaio repetia pa-pa-gaio, pa-pa-gaio; antes que o filho e as duas meninas de Seo Zé fossem chamados o menino, papagaio no outro ombro repetindo "Seo Fermiano uma cachacinha", saiu em disparada, para a casa de Fermiano. No outro dia, o filho do Seo Zé foi correndo ao armazém de Seo Fermiano, tendo nos calcanhares a cachorrinha que de repente aparecera na casa, entrara como se fizesse parte da família, saltitando, quase voando, daí logo dona Tamina lhe deu o nome Taira, postou-se quase no mesmo lugar do outro no dia anterior, Seo Fermiano acenou para que entrasse, ofereceu um xarope de groselha mas o menino deu meia volta e foi correndo para casa.

Talvez uma semana depois, os dois fazendo o mesmo trajeto, quase se esbarraram, riram, entenderam-se através de sinais, um mexer com os dedos, um abanar a cabeça ou piscar de olhos, andaram até o riacho que corria nos fundos da casa de dona Joaninha, sentaram pés na água que deslizava calma e mansa, peixinhos brincavam no fundo, não se disseram mas pensaram por que os peixinhos não são carregados pela água; no dia seguinte foi a vez de subirem o morrinho, escorregaram até uma goiabeira, o bugre (assim passou a ser chamado), subiu rápido ficou acenando para que o turco (que dali para diante não seria mais árabe ou libanês) também subisse, as primeiras tentativas foram em vão e o que estava lá em cima passou a jogar goiabas verdoengas, enquanto o outro se arranhando conseguia chegar ao primeiro galho; o mesmo não ocorreu quando dois dias depois o bugrinho chegou ao mais alto de uma jabuticabeira. Agora o turco já aceitava uma gasosa e biscoitinhos, enquanto ficava olhando o papagaio empoleirado a um canto do armazém.

Seo Fermiano era solidário, mandava fregueses para a venda do Seo Zé Turco e os dois logo se entenderam, gostavam de uma boa prosa, tinham muito o que contar. Certo dia Seo Zé perguntou "esse menino acobreado donde foi que veio?". Seo Fermiano foi rápido: "eu sempre gostei de caçar, sou bom atirador, abato preá, paca, porco-espinho, como não comprei a carne não vendo, distribuo, bem pertinho lá pras bandas de Russas tem mata fechada, eu estava por ali quando ouvi gritos e uma correria, eram bugreiros atrás do que restava dos índios donos destas terras, ao fugir deixaram para trás esse menino que devia ter pouco mais de três anos. Peguei nele trouxe para casa, no começo foi difícil, ele esperneava, chorava, gritava, não queria se lavar nem comer mas a Ondina, minha mulher, teve mais paciência do que eu, ele não sabia uma única palavra de português, ainda hoje são bem poucas as que sabe e pouco sabia do tupi-guarani, agora faz parte da nossa família e a gente quer encaminhá-lo na vida. Seo Zé calculou: o filho mais velho devia ter mais ou menos a mesma idade do indiozinho, um viera do outro lado do mundo, a família em busca de um chão, o outro já nem tinha mais o chão que era dos seus.

Os dois meninos estavam cada vez mais amigos, brincavam por toda a Alto Biguaçu, aventuravam-se até mais adiante no caminho de Biguaçu ou de Rachadel, porem do que mais gostavam era de brincar com barro, ficavam horas entretidos, o bugrinho tentando fazer uma piroga e um remo, um papagaio, o turquinho, lembrança de lembranças dos pais, simulacro de um cedro do Líbano, ou um bolinho, que ele brincava dizendo comam um pedacinho de quibe.

Tudo isso durou quase um ano, Seo Zé viu que de novo não estava dando certo, embora Seo Fermiano e Dona Joaninha pedissem que dessem um tempo. Seo Fermiano passou até a encomendar querosene, sabão, sal, fósforo, vela que vinham de Florianópolis e a fornecer alguns produtos da terra,

Dona Joaninha, que se tornara amiga de dona Tamina, insistia nem é pelo aluguel é pela companhia, gosto muito de vocês, meu filho mora longe em Curitiba. De nada adiantou, Seo Zé alugou a casa de um patrício em Biguaçu. Foi só esperar nascer o segundo filho brasileiro, agora já eram cinco, e em inícios de 1931 um caminhão parou na frente da casa e carregou a mobília e o que sobrava da venda.

No começo da tarde, partiram dona Tamina e o recém-nascido na frente com o motorista, atrás Seo Zé com o filho nascido em São Pedro de Alcântara no colo, as duas meninas ao lado, o mais velho ameaçando se atirar para ir ao encontro do amigo que corria atrás do caminhão. Sem demora uma curva os engole e na estrada sobra apenas uma nuvem de poeira.

3

Sete palavras

revolução avança filho tropa juntar-se Getúlio vence

"...na carta meu filho confirma o que o Seo José..." dona Joaninha interrompe a frase, modula o tom da voz: "Dona Tamina, veja só quem estava escondidinho atento à nossa conversa", antes que a mãe pudesse chamar a atenção do filho, ele correu, entrou ofegante e recostando-se no balcão da venda do Seo Fermiano gritou "Revolução! Revolução!", o papagaio empoleirado a um canto retruca "Seo Fermiano uma cachacinha! Seo Fermiano uma cachacinha", o vendeiro que pesava um pedaço de charque para um freguês parou e olhou para o menino perguntando "Que história de revolução é essa?" e virando-se para o Juca "Será que ele ouviu Seo Zé contar que na Capital todos estão preocupados e o governo pensa em retirar o madeirame da ponte para impedir a entrada dos revoltosos?". Depois de entregar o charque e o pacote de sabão para o freguês, Seo Fermiano anota a despesa na caderneta, ao mesmo tempo em que diz para o menino: "Já vou ver se o indiozinho quer sair contigo".

Passado pouco tempo, no Grupo Escolar de Biguaçu o filho do Seo Zé juntou aquelas palavras soltas, que até então não formavam sentido, durante uma aula a professora explicou:

"Getúlio Vargas é hoje o novo Presidente da República, promete mudanças, diz que vai mexer em tudo de mau que havia na República Velha e mesmo aqui em nosso Estado também vamos ter modificações".

4
É turco

Não faz muito a família chegou a Biguaçu. O filho foi logo matriculado no Grupo Escolar Professor José Brasilício de Souza. Ainda ressabiado entra na sala. Nada sabe, não conhece ninguém. Talvez seja um tanto mais velho que os outros. A professora pede silêncio. Apresenta o novo aluno, que é motivo de curiosidade. A aula começa.

Meses se passam. De novo na aula. Ele já se relacionou, fez até mesmo amigos. A mesma cena. A professora pede atenção. Vira-se para os alunos. Ergue a voz, quer silêncio. Diz apontando para ele: olhem só, olhem e se mirem no exemplo, há pouco não sabia uma só letra, mal conhecia algumas palavras do português, misturado com árabe e alemão; é turco, e já sabe ler e escrever melhor do que quase todos, ou todos, aqui dentro.

E o filho do Seo Zé, do Zé Turco, do Zé Gringo, do Seo Zé da venda, raramente Seo Zé Miguel, nunca Seo José, desaba num choro ferrado, interminável, incontrolável, fundos soluços, lágrimas escorrendo, o que causa risos nos colegas e espanto na professora.

Nunca, por mais que se esforce, consegue saber se o choro fora pelo elogio inesperado ou pelo turco. A família era libanesa; querer irritar o pai (mais que a mãe), era chamá-lo de turco. A Turquia (Império Otomano), durante séculos, havia dominado toda uma região que incluía a Síria e o Líbano.

Com a indesejada referência, o pai, memória ativada, acrescentava, olhos fuzilando, voz alterada: "fomos libertados da Turquia pelos bonzinhos dos ingleses e dos franceses". "Para aduzir: tão bonzinhos que, para nos ajudar mais, passaram os ingleses a mandar na Síria e os franceses no Líbano. Isso se chamou protetorado".

E vinham, como complemento, palavrões em árabe, *ibim charmute* por exemplo, que nunca traduziu, ou se traduziu foi sem a carga e a força do original.

5

O tinteiro

Foi na manhã seguinte.

Os alunos procuravam seus lugares, conversavam, a professora entrou, todos se calaram, feita a chamada, ela pediu-lhe que se virasse para os demais, e sem qualquer transição foi dizendo: "não quis entregar ontem, mas tenho um presente pra ti, é um prêmio por teu desempenho neste primeiro ano", e lhe deu um tinteiro, pedindo que o mostrasse para os demais alunos.

Foi a partir dali que ele passou a se apegar aos objetos. O segundo foi um canivete, que dizia de um lado, brinde da Brahma, do outro, Solingen – nunca enferruja. Presente do tio que se desgarrara indo para a não tão distante Porto Alegre, donde pouco depois viria a notícia que levaria a mãe às pressas para lá, ela voltando enlutada pela jamais explicada morte do irmão solidário, que os acompanhara da pequena Kfarsourun, no Líbano, até a igualmente pequena Biguaçu, em Santa Catarina.

Tinteiro e canivete, espécie de talismã, o acompanhariam pelo resto da vida.

No momento em que exibiu o tinteiro para os colegas, o Turco pensou: "Que bom se meu amigo bugre também andasse na escola e visse isto".

6

Lição

O filho entra correndo pela sala, ofega, procura pela mãe, deve estar na cozinha, quem sabe busca o pai na vendola, não, é preferível a mãe, mais acessível, não a encontra, lembra-se, é que ela está atendendo também no balcão, o pai em viagem, desta vez foi até Ganchos, levar passageiros, voltar com peixe escalado, a mulher reclamara, Yussef, mal chegaste de São Pedro de Alcântara, te matas, e matas o cavalo, e o marido, Tamina, mulher, paciência, faço uns trocados, tão precisados tamos, esta é rápida, quero ver se vou e volto no mesmo dia, aos saltos o filho larga os livros, puxa a mãe pelo vestido para lhe chamar a atenção, desatento ao saltitar da Taira que o rodeia, lhe lambe as mãos, pensa, que tá acontecendo, meu amiguinho nem parece me ver, a mãe atarefada corre de um lado para o outro, na azáfama de atender na venda, preparar o almoço, olhar o caçula, não tem como escutá-lo, dá um chega pra lá, pede, vai logo guardar os livros, o rapaz insiste, grita, mãe-mãe, repete mais alto, mamãe, e a mãe, me deixa sim, anda lavar o rosto e vem me ajudar, anda, olha pela venda, senão a comida atrasa e queima, e o filho, cada vez mais inquieto, me escute, só um instantinho, vi na rua, no meio da poeira, um patacão rebrilhando (ou este rebrilhando é acréscimo recém-incorporado?), lá pertinho da escola, entre o grupo e o casarão dos Born, posso apanhar ele posso, e a mãe, ao mesmo tempo em que despacha um freguês, filho, se viste ele no chão, se não tinha caído do bolso de ninguém enquanto estavas passando por ali, se não sabes de quem é, e se não aparece dono, claro que podes, guarda-o, depois de um tempo passa a ser teu, anda volta já.

O rapaz dispara, a rua de Biguaçu nunca lhe parecera tão comprida, interminável, acelera mais a corrida, não faz muito passou em frente a padaria do seu Fedoca, também prefeito, ali perto a casa da viúva mãe do Salomão, amigo de amizade sempre conturbada, logo é a da professora dona Mariazinha, mulher do primo seu Abrahãozinho, tem uma como que alucinação, imagina-se recuando em vez de avançar, absurdo, passou há pouco em frente a casa de seu Federico Buhn, ferreiro, dono da única pensão, com quem o pai queria que ele voltasse a estudar alemão, só vai te fazer bem mais adiante, quem sabe dois idiomas vale por dois, recusou com um inconsistente prá quê, que loucura me ataca se esta casa fica antes da de Dona Mariazinha, a mente um turbilhão, e num momento a ordem lógica se restabelece, e já nem corre, voa, eis a alfaiataria do seu João Dedinho, alfaiate/delegado, a barbearia do Lauro, ponto de encontro dos rapazes maiores,ao lado a livraria do cego João Mendes, só que o pensamento voa mais ainda, vê-se dono do patacão, o que farei com ele, já é meu, nunca vai aparecer dono algum, compro uns livros, reflete, uns ou um, sim, não basta ler, pelo menos para ele não lhe basta ler, é necessário que o objeto livro passe a fazer parte física de sua vida, que o tenha para sempre diante dos olhos, à mão para tocá-lo, senti-lo, cheirá-lo, mesmo que depois de lido e relido, qual, ou quais, escolheria, mas enquanto continua no voo o pensamento se desvia, muda de rumo, pensa na mãe, tão sacrificada, no pai, tão sem jeito para comerciar, nas dificuldades que a família atravessa, será que o patacão pode ajudar, daria para a compra, por exemplo, de uma chaleira, uma baciona para os banhos?

Chega. Está no ponto exato onde entrevira o patacão, sôfrego se abaixa, ansiedade, cansaço, suor, temor, esperança, tensão, turbação dos sentidos, tudo se mistura, olha, cadê, se abaixa, se estira no chão, afasta terra, poeira, pedrinhas, nada, vasculha com maior cuidado, quem sabe mais para um lado, para o outro, só um pouquinho, nada, passa a mão no rosto, enxuga a testa, volta ao primitivo lugar, tem absoluta certeza, balança a cabeça e se diz, convicto, é aqui porra, perto da pracinha, pro lado do riachinho, lá ao fundo o mictório, outra vez a mente vagueia, principal obra do seu Fedoca, no dizer do poeta/comerciante seu Geraldino, contraparente e atual inimigo político, emérito gozador, satirista com tiradas para tudo, autor de quadras que já faziam parte do folclore da cidade, "Biguaçu é terra boa/ terra de muita coisinha/ eu pergunto pra você/ quanto deu nossa festinha/ deu um conto e quinhentos/ é notório/ e agora até já temos/ mictório", logo se irrita, por que isto, pra que me desviar do principal, o que tem uma coisa a ver com a outra, bom voltar, quem sabe ali, será que, distraído, empolgado, eu andei um pouquinho praqueles lados, me enganei, vamos-vamos, anda cara, percorre um trechinho maior, não custa, e sempre agachado prossegue, lá vai, quem sabe aqui, cavouca com furor, não adianta, pura ilusão, sabe com certeza certa onde o patacão se encontrava, ou nem isto, voltemos a cavoucar, se incentiva, mais fundo, mais, pessoas passam, param, olham-no com estranheza, alguns logo se vão sem dizer nada, outros mais curiosos, irônicos, o que é isto rapaz, que que estás procurando, ou só queres ampliar o riacho, heim, até a Glorinha aparece, amiga da irmã, espantada olhou, e da posição em que estava ele conseguiu entrever as coxas roliças.

Enfim desiste. Desanimado caminha num torna-viagem frustrante, em passadas lerdas, não tem certeza de mais nada, o que poderia ter acontecido, mal vê as casas que desfilam, as ruas transversais, as pessoas, num alheiamento de todo o seu ser, inconformado, desolado.

Na porta da venda a mãe aguarda, pede, mostre, e o filho, um bolo na garganta nem consegue falar, quanto mais explicar, choro contido, abre as mãos, vazias, melhor, emporcalhadas, sujas, sujo também o rosto, suja a roupa, mais suja que tudo a alma, diz num sufoco, depois de muito esforço, e nem haveria mais necessidade, a mãe já percebeu tudo, mas o desabafo é preciso, para que se alivie, se recupere, adquira o senso da realidade, aprenda a lição prática que virá, mãe, me diz, como é possível, não encontrei nada, procurei e procurei, tinha certeza do lugar, não satisfeito por não encontrar ali procurei por perto, e a mãe, tinhas mesmo, viste mesmo a moeda, ou foi um faiscar, o sol refletido numa pedrinha, e o rapaz, não-não, sim vi, cheguei a me abaixar pra ver bem ela e marcar o lugar, vim correndo consultar a senhora, voltei voando, e a mãe, com pena do filho, então alguém mais esperto e sem teus escrúpulos (o "escrúpulos" seria mesmo palavra da mãe, ou componente novo agora também incorporado?) passou logo depois de ti, pode até mesmo ter visto quando tu encontraste a moeda, quando te debruçaste, aproveitou e apanhou-a.

7
Bom começo

Vinha da escola, viu a professora aposentada Dona Mariazinha debruçada na janela, livro na mão, esqueceu a timidez:

— Bom dia, professora, pode me dar uma ajuda?

— Se souber posso, pergunte.

— Eu estava folheando uns almanaques, encontrei bastante informação e uns versos, vou dizer pedacinho de dois deles que guardei na cachola: "querida ao pé do leito derradeiro / em que descansas desta longa vida / aqui venho e virei pobre querida / trazer-te o coração do companheiro".

— É do Machado de Assis, A Carolina, um dos sonetos mais belos da língua portuguesa, e o outro?

— Do outro guardei o nome, Cruz e Sousa, este é o pedacinho que sei: "os miseráveis os rotos / são as flores dos esgotos / os rotos os miseráveis".

— Bom começo, menino, excelente começo, são dois importantes escritores brasileiros, ambos de família muito pobre, um mulato o outro negro, só que Machado de Assis é hoje considerado o mais importante escritor brasileiro enquanto Cruz e Sousa nem na terra dele se sabe quem é.

— E qual é a terra dele?

— Aqui pertinho, Florianópolis; Machado de Assis nasceu no Rio de Janeiro.

— Será que na biblioteca da escola tem livros deles?

— Não sei, antes não havia, do Cruz posso te emprestar um de poesia, tenho livros de contos e romances do Machado, mas os dele não são para a tua idade.

— Mas eu também gosto de ler, me explica por quê.

— Porque não.

8

Oiças afiadas

Eu vi (não dizia "ouvi") anteontem e ontem tu passar pisando macio, deslembrado de nosso trato: terminar No Curdistão bravio do Karl May, continuar O Mandarim do Eça — reclama João Mendes, livreiro-poeta-cego.

Nos seus doze onze anos o rapaz ia experimentar,pela primeira vez, os irmãos vibrando, uma calça comprida; continua devorador de livros, contudo já gosta de jogar conversa fora com os colegas na pracinha, olhando para as meninotas em flor, com seus incipientes bicos de seio agredindo o fino vestido, batendo bola no campinho dos Born, promissor ponta-esquerda, olhando indignado galos se estraçalharem na rinha e até seguindo a seresta do Roberto Galliani, bom no violão, ótimo na voz, que lembrava Francisco Alves.

João Mendes lhe dá uma lição: a natureza é sábia, se não enxergo tenho oiças tão afiadas que uma leve aragem no bambuzal me chega parecendo música, mas se o vento é forte é um estrondo quase insuportável.

9

O boqueirão

O menino está sendo engolido pelo boqueirão, luta para escapar, se esforça, braceja, bate os pés ofegante, vai um pouco mais para o fundo enquanto engole mais água, o pavor sufoca-o, crispa as mãos e agarra o líquido e berra, berra, a porta do quarto é aberta e, antes que os irmãos despertem de seu sono pesado, a Mãe entrou, vai até ele, sente-lhe o pijama encharcado e se pergunta: "Será que o danadinho se mijou?", entra o Pai, com as meninas e a Taira, que logo salta para a cama, enquanto ele, olhos esbugalhados, gagueja, por-que-to-do-mun-do-es-tá-aqui?

O primeiro romance que leu por inteiro, tinha oito para nove anos de idade, foi o *Tronco do Ipê*, de José de Alencar, emprestado pela professora aposentada Dona Mariazinha. Da narrativa o que sobrou foi aquele boqueirão engolindo o dono da fazenda e a mocinha sendo salva no último momento. Isso sem contar que durante toda a leitura o boqueirão engolia a tranquilidade de seu sono.

Décadas depois, ao reler o romance, ficava-se perguntando onde fora parar o pavor provocado pela primeira leitura.

10

Dizer — dizia

O Pai dizia e dizia em árabe, depois em português, poemas ou versos do poeta persa Omar Khayam:

Vem, pois, com Khayam velho, deixa os sábios,
Só a verdade existe: — A vida corre!
Isto é que é certo e, o mais, só são mentiras:
— Aberta a flor, depois, pra sempre, morre!

Pelas noites, a família reunida, a Mãe preferia citar passagens de O Profeta de Gibran Kalil Gibran. Já o Pai, além do Rubayat recitava poetas árabes, que não traduzia, ou ainda outros persas como Hafiz e Saadi. Do primeiro por vezes:

Vem, amemos e bebamos à margem do rio.
Afogaremos em nossas taças o nosso leve desassossego.
A vida tem a duração da rosa...

E insistia nas palavras do segundo:

O arqueiro deve ser sereno, pois
uma vez despedida, a flecha não volta mais.

11

Querer – queria

De menino, dez anos, ele queria (querería?) de namoro a bonita vizinha da mesma idade; tímido – xucro, jamais ficou sabendo se também ela o queria.

12
Na sala escura

Três vezes, durante aquele dia, o alto-falante em cima do calhambeque atravessou a cidade berrando o mesmo refrão: "Hoje, somente hoje, no andar de cima do casarão dos Born sessão de cinema, quem já viu uma fita certamente vai querer ver outra, quem nunca viu jamais esquecerá! Não perca! Hoje somente hoje!".

Não foi difícil conseguir com a mãe uns trocados e bem antes da hora lá estava com a irmã e uns amigos. Já tinha visto a programação de filmes do jornal O Estado, até lera uma notícia comentando O cantor de jazz, primeiro filme falado.

As janelas da fachada, que davam para a pracinha, estavam cobertas com um lençol branco; as cadeiras enfileiradas, um corredor no meio, ao fundo, sobre uma pequena mesa o projetor, no chão as latas amontoadas.

Às oito em ponto as luzes da sala foram apagadas, o projetor foi ligado, mas nada se viu além de uns riscos luminosos no lençol branco. Reacenderam-se as luzes e, meio sem jeito, o homem dando batidinhas no aparelho disse: "Este bichinho é muito delicado, deve ter levado algum trompaço. Mas já, já vai funcionar".

O "já, já" levou meia hora, a cópia era ruim e muito usada, não dava para ler os créditos, mas isso pouco importava, desde que desse para acompanhar as imagens se movimentando e o valente astro Buck Jones montado em seu fogoso corcel. As primeiras cenas eram o deslocamento da caravana pela vasta planície e terminavam com uma flecha atingindo um cavalo. Acenderam-se as luzes enquanto o homem trocava o rolo; os espectadores divergiam, os que já haviam assistido a um filme reclamavam da precariedade da fita, enquanto os demais vibravam. Pouco importou a confusão, com o último rolo passando antes do penúltimo, o que fez que alguns índios ressuscitassem e um rifle sem recarregar matasse mais de trinta peles-vermelhas.

O filho do seu Zé saiu fascinado, o fascínio da sala escura jamais o abandonaria, bem como a indignação ao constatar que lá nos Estados Unidos faziam com os peles-vermelhas o mesmo que (conforme escutara Seo Fermiano contar para o pai) os bugreiros faziam por aqui.

13
Estreia

Chicoteado sem piedade, Sultão carrega a carrocinha abarrotada, que servia para tudo, transporte de passageiros, venda ou compra de gêneros, passeios. Varam em disparada a praça que corta a rua principal de Biguaçu. Chegam em frente à casa-venda. Estacam, o cavalo bufa, Taira se apressa a saltitar em torno de Sultão e do rapaz. Cambaleante, o rapaz desce, tropeça, entra em casa aos trambolhões, ri descontrolado, mal consegue pronunciar engroladas palavras, o bafo diz tudo, vai até a cozinha, toma goles seguidos de água, volta, atravessa sem ver a sala, se debruça no balcão da venda, ânsia de vômito, mal-estar, olhos esgazeados, escorrega, desaba, o pai chama, Tamina, mulher, corre aqui, vem olhar só, vem-vem, o que terá este moleque, aprontou mais uma, não tem jeito, o pai bem sabe mas não acredita no que vê, o filho, mal dá tempo de recuar, não só medo do tabefe, corre para a rua, começa a vomitar, gruda-se ao cavalo para não se esborrachar no chão poeirento, o cheiro nauseabundo tudo infesta, mistura de álcool, de comida mal digerida, de bílis, lambuza a roupa, o rosto, a parede da casa, agora leve espuma lhe escorre pelo queixo, espuma que se assemelha à do Sultão, só que essa é consequência da corrida, dos chicotaços, do cansaço, ao contrário da dele. Taira, amedrontada, foge.

O filho havia saído cedinho, mandado até Alto Biguaçu, na vendola do Seo Fermiano, conhecido desde os tempos em que lá moravam, fazer a entrega de alguns produtos industrializados, sal grosso, sabão Wetzel, querosene, açúcar branco, trazer em troca outros gêneros, produtos da terra, época de aipim, farinha de mandioca, batata doce, milho, o rapaz ficou imaginando, quem sabe vejo o indiozinho com quem brincava, cria do Seo Fermiano, há tempos ali deixado quando a tribo se viu perseguida pelos bugreiros; o pai pediu, na volta me passa no alambique do Seo Antoninho, pede que te dê os garrafões de cachaça, não esquece, já estão encomendados, da amarela, da envelhecida em tonel de carvalho.

Foi bem recebido, os garrafões à disposição, o dono convidou, entra, descansa um pouquinho, recusou, obrigado o pai pediu que não demorasse, o outro insistiu, entrou, tímido sentou na ponta da cadeira, Seo Antoninho perguntou pelo pai, Seo Zé não vem mais pra estas bandas não, malandrou, esqueceu os amigos, gosto de prosear com ele, bebemos uma pinga, e tu quer-quer, abanou a cabeça numa negativa, o homem insistiu, prove, um tiquinho, voltou a recusar, Seo Antoninho casquinou gozativo, já quase um mocinho, tem namorada tem, vai me dizer que nunquinha tomou uma pinga, não acredito, só um niquinho pra ver se é da verdadeira, não quero o teu pai amanhã reclamando, fui enganado, ele não vai ter o direito de alegar, mandaste da outra, a que eu queria era aquela de quase dez anos, ou trataste mal meu filho; a insistência, mulher e filhos do Seo Antoninho surgiam e sumiam, botavam a cara pela porta que levava para os cômodos interiores, riam.

Acabou aceitando, só uma prova, no começo o engulho, fogo descendo pela garganta, queimando-o, língua ardida, tossiu, cuspiu, tremor no corpo, levantou-se agoniado, e o homem, onde se viu coisa dessas, vexame, encheu o copo, disse, veja, virou tudo de um trago, estalou os beiços, encheu de novo o copo, de tamanho médio, agora quero ver, não envergonhe as calças que veste, tem que aprender, sabe como é, homem que é homem não arrecua, amanhã vai num baile com os amigos e nem toca numa bebida, as meninas vão achar que é um mariquinhas, chamou a mulher, Ambrosina, apontando-o, gritou para uma de suas filhas, vem aqui Mariquinha vem, e indicando-o com um meneio de cabeça, nome bom pra ele este, não é não? Assim taludo e refuga, vamos, quero ver, outro traguinho só, nem precisa ser o copinho todo, a metade, um terço.

Já meio conformado tomou, mais, tinha que preservar a imagem do macho, não queimou tanto, ou seria o desejo de se afirmar diante daquele ser truculento, e da mocinha vistosa, biquinhos dos seios surgindo do vestido de chita, fez uma pausa para respirar, se viu mastigando uns torresmos, nacos de linguiça frita, pediu, me dá mais um pouquinho, o outro gargalhou, agora sim tou lhe reconhecendo, logo outro trago, mais outro, sem saber como, via o copo vazio, logo cheio de novo, desnecessário agora o homem insistir, virava as doses com gana, com raiva, estaria mesmo começando a gostar ou já nem se apercebia, tudo uma nebulosa, o Seo Antoninho se afastava e chegava, dona Ambrosina um vulto enorme, quase só cabeça e barriga, a Mariquinha rebolando lhe oferecia o corpo, o rosto, que rosto, a boca, o biquinho róseo do seio, o teto abria-se, permitindo-lhe planar, esvoaçar.

E logo, sem saber como, se viu na estrada, chicoteando Sultão, diabo de cavalo que não anda, empacou é? Abriu uma garrafa, num querer-não-querendo, tentou beber, limpou a boca com a mão, bebeu, pelo gargalo, a cachaça escorrendo, perdida a noção de tempo, do local, do quanto consumia.

Voltou a chicotear Sultão com inusitada violência, com redobrado vigor, o animal estranhou, tantas viagens haviam feito juntos, e o rapaz só pensava o diabo deste cavalo não sai do lugar, bem que haviam avisado, ô Seo Zé, teu cavalo está velho e acabado, tá na hora de se desfazer, troco por outro, o pai nem respondia, afeiçoado ao bicho, vê que os homens tinham razão, o estrupício empacara, mais lambadas no lombo, diante deles as mesmas árvores, o mesmo descampado, a mesma estrada, pouco adiante, de um lado e do outro da estrada, o mesmo ondeante canavial, em tudo a fina poeira se infiltrando, formando camadas, e o que ele queria era sair dali, correr, voar.

Voou. Subia rápido, para o alto, aproximava-se das nuvens pejadas em compactas camadas que começavam a encobrir o sol, queria vará-las, bem lá em cima, ou não, melhor não, assim mais bonita a vista, a visão geral das casas esparsas, do arvoredo, do gado que pastava, do rio a deslizar tranquilo. Pensou, preciso subir ainda mais, ver se vejo, esqueceu o quê, pouco importa, voltou a fustigar Sultão ao mesmo tempo em que o incentivava, vamos Sultão, vamos voar mais alto cavalinho, tás vendo o que eu vejo, seu tanso, vamos até o céu, gostoso aqui de cima não é, sensação indescritível, inefável, ele tão livre no alto céu, nuvens rodeando-o, mas o que é isto agora, outras viaturas atropelando-o, só meu o céu, berrou desafasta, vai fora pra-lá-pra-lá, tanto espaço e logo em cima dele, desaforo, repetiu o desafasta seu porqueira, logo agora que também Sultão, afinal convencido, demonstrava igual euforia.

Biguaçu se aproxima. Primeiro a surgir o campinho de peladas, no terreno do Seo Lúcio Born, não demora o centro mesmo, com a praça, a igreja, o grupo escolar, o mictório, o casarão dos Born com o bar e o bilhar, tudo tão pequeninินho, preciso baixar um pouco, basta um movimento na rédea e tudo lhe aparece nítido, para no ar, paira, e porque tudo some, se debruça, desce mais, pessoas vão aumentando de tamanho, antes uns merdinhas de nada agora gigantescas, quer reconhecer algumas, olha o Zico, parente que me salvou de morrer afogado nas águas de São Miguel, olha o Seo Taurino na frente da farmácia, me curou da malária, ali na livraria o cego João Mendes deve estar brabão, eu havia prometido acabar Sandoval, o pirata do Salgari.

Baixa mais, mais, mais. Não demora estacam em frente a casa do pai, gêneros despencam da carroça, Sultão bufa, pouco depois ele desaba feito um boneco de mola.

14
Crisma

É na hora do almoço, o pai em uma cabeceira da mesa, a mãe de novo grávida na outra, ao lado dela um filho nascido no começo de 1929 em São Pedro de Alcântara, o outro em 1930 em Alto Biguaçu, ao lado do pai duas raparigas, e o mais velho que se apressa em perguntar:

— Mamãe, posso frequentar com meus colegas as aulas do padre na igreja e depois me crismar?

— Filho, tu já és batizado.

— Rapaz, tu sabes até já estiveste comigo na Igreja Ortodoxa de Florianópolis, foste apresentado ao padre que tinha ao lado a mulher e as duas filhas, até estranhaste ele ter mulher e filhas, nós somos ortodoxos.

— Sei, sei, mas os colegas disseram que eu posso me crismar.

— Não sei pra quê, se tua mãe concorda podes.

Durante quase um mês, de tardinha lá estava ele com os colegas até que certo dia chegou em casa, queria falar ao mesmo tempo com a mãe e com o pai, foi logo se explicando:

— Desisti, fiz duas perguntas para o padre ele não gostou, a primeira: se Deus é tão misericordioso, gosta tanto de suas criaturas por que expulsou Adão e Eva do paraíso? O padre levantou a voz e disse que eram coisas que um rapaz da minha idade ainda não podia entender; fiz a outra pergunta: se ao deixar o paraíso Adão e Eva tiveram filhos e não havia mais ninguém na Terra, como é que ela logo se povoou, se na aula anterior o padre tinha explicado que não era bom o casamento entre parentes, nesse caso, a não ser que os filhos de Adão e Eva tivessem se casado, como é que a Terra podia se povoar? Desta vez o padre gritou, me apontou o dedo e disse que eu parasse de fazer perguntas impertinentes e eu nem sabia o que era "impertinentes", tinha de ouvir aprender com ele e ficar calado, pedi para sair e não volto mais lá.

15
Ela

Para ir até o Grupo Escolar ela não tinha outro caminho, passava em frente à venda de Seo Zé, ficava olhando para ele que tinha aos pés a cachorrinha Taira, se miravam, ele atento àquele rosto bonito cabelos compridos corpinho delgado, o que mais o impressionava eram os olhos, não tinha certeza se de um verde-azulado ou de um azul-esverdeado. Por vezes seguiam lado a lado na estrada até o Grupo, ficavam se olhando durante todo o trajeto, ela por certo esperando que ele dissesse não palavras banais mas a palavra que tinha um sentido oculto, que só quem está interessado sabe decifrar, no entanto ele sem jeito não tinha coragem de pronunciá-la embora fosse o que mais desejava. Será mesmo que ela esperava por tal palavra e logo responderia com outra de igual sentido? Tal palavra jamais foi dita naqueles meses de espera; até que certa tardinha na praça, lugar da juventude, viu o que não queria ver: ela de risinhos com aquele sacaninha seu amigo. Desde então passou a vê-los sempre juntos colegas do mesmo ano. Sentiu-se frustado, durante muito tempo continuou com sensação estranha que lhe tomava todo o corpo, pensava nela e ao pensar era o mesmo frêmito que lhe vinha do mais íntimo, pouco adiantava ficar olhando para outras até mais formosas do que ela.

16

Chumbo na bunda

Um bocado da polpa enche a boca do rapaz, ainda não mastigou, mas o sumo vermelho-sangue escorre-lhe pelo queixo, pelo pescoço, pinga no peito e na camisa. Gosta da melancia madura, de sabor adocicado, mas se verdoenga também aprecia o ácido que arranha a garganta.

Guloso come mais da metade, irmãos e mãe reclamam.

Por vezes os quatro amigos, autointitulados "os quatro cavalheiros do apocalipse", preferem ir até a entrada de Três Riachos à tardinha quase anoitecente roubar melancia no sítio de Seo Feliciano. Arrancam duas ou três, tão mais gostosas, rebentam-nas contra uma pedra ou tronco de uma árvore, se põem a mastigar. Certa vez, lá da casa o homem os viu e gritou entre irritado e risonho: — corram — corram — corram, avoem se puderem, senão levam chumbo na bunda.

17

Inexplicável

Quando o pai chamou-o, lhe deu duas fortes palmadas no traseiro, pediu que explicasse o motivo, não soube: estava na beira do rio, ao lado do filho tanso de Seo Serapião, ambos quietos, olhando para a outra margem onde a mãe de Pedro Maria escamava peixe, parava, atirava-se na água, nadava um pouco, voltava ao trabalho, roupa grudada no corpo, foi quando o tanso gargalhou apontando para a mulher, num impulso inexplicável o filho do Seo Zé jogou-o n'água, viu o corpo afundar, vir à tona, bracejar, começando a ser carregado pela correnteza, só aí se atirou e puxou-o para a margem.

Depois do papo com os amigos, chegava em casa quando viu o gato de estimação de Seo Abrahãozinho, abaixou-se e certeiro jogou uma pedra na cabeça do bichano, e foi dormir. Pela manhã um dos filhos de Seo Abrahãozinho andou pela redondeza querendo saber quem tinha matado o Habib, quem apontasse o bandido seria recompensado.

18

?

O curió, no alto da aroeira, trinava com melodia e entusiasmo, até que voou mais alto, desceu ao chão, ficou procurando o que beliscar; caminhar leve, saltitante, nem parecia estar ali e, de propósito ou desatento, ia no rumo errado, para perto do gato gordo, pachorrento que nem necessitava de comida, mas o instinto é mais forte, e aquele bichinho corria risco. Seria mesmo desatenção? Ou intencional? Seja como for postou-se desafiante bem perto do felino que, depois de se arrastar maciamente por menos de um metro, num salto rápido, abocanhou-o, mas não o mastigou nem engoliu, foi depositá-lo aos pés do menino; ele embora tudo acompanhasse, não interveio.

19

O ontem, hoje.

É uma noite escura, sem luar nem estrelas, leve e solto ele flutua na imensidão negra, levado pelo vento, não sabe de onde veio nem para onde vai, sobe-sobe-sobe, está sentado em uma pedra, pensa, vejo mesmo São Jorge e o dragão, pensa, então estou na lua, como pode, na Terra lua minguante, chego aqui, lua cheia, pensa, senão São Jorge e o dragão teriam sumido, sumiram, e diante dele se posta uma figura de um metro, duas cabeças, um pescoço fino e longo, um braço que sai do alto do pescoço, e uma perna, a figura saltita rodeando a pedra até que ele também fica de pé e os dois se encaram, as duas caras são do mesmo velho, pensa, onde foi que vi a cara desse velho, pensa, nunca vi, então quem foi, até se dar conta de que o velho parecia o índiozinho com quem brincara em Alto Biguaçu, as duas bocas se abrem ao mesmo tempo, pensa, uma deve estar falando tupi-guarani-português, a outra, árabe-alemão, porém isso ele mais intui do que ouve e já em uma velocidade espantosa os quatro idiomas se fundem sem que ele possa apreender absolutamente nada, carregado pela mão, atravessa uma floresta compacta, ela se abre para que cheguem à taba onde os índios donos da terra dançam e pulam, rodeando uma fogueira, as duas cabeças se transmutaram, agora são a do índiozinho com quem tanto brincara e de quem nunca mais tivera notícias, os dois deixam a taba, chegam ao rio, se jogam, e vão sendo levados até o fundo do mar oceano, ele agora cavalga uma baleia, o índio ao lado dele, cavalgando um tubarão, passam por florestas submarinas, cavernas, restos de navios, cardumes de peixes variados, até que em determinado momento, que ele não sabe precisar pois o tempo inexiste, as duas cabeças são, não precisa olhar nem pensar, do Ti Adão, que diz, vamos vamos, vão, ele pensa perguntar para onde, não pergunta, mas Ti Adão responde, vais ver, logo estão chegando a um porto e Ti Adão diz, é a minha terra, Angola, ele vê incontáveis negros, entre eles um adolescente rebelde sendo açoitado, Ti Adão aponta para o açoitado, todos são jogados no porão de um navio que zarpa, Ti Adão grudado na popa, somem, pensa, que faço aqui sozinho, pensa, não sei para onde ir, sem tempo de pensar outra figura se materializa, é de um velho, sabe sem saber quem é, jamais viu aqueles dois rostos, porém lembrança de lembrança da mãe, agora sabe quem são, o avô de quem nunca vira uma fotografia murmura kifak, me segue, te levo para *mi maksuna, usted es mi nieto*, atravessam mares e mares, ambos em cavalo-marinho, novas florestas marinhas, grutas, cavernas, navios com restos de tripulantes, e uma flor tão cheirosa que lhe faz perder os sentidos por uns momentos, é quando ouve a voz dizer: Trípoli, continuam agora debaixo da terra, ao subir estão diante da casa dos Athiê, a voz diz pausadamente: "como a ave que volta ao ninho antigo depois de um longo e tenebroso inverno eu quis também rever o lar paterno o meu primeiro e virginal abrigo — entrei..". entraram, a casa vazia, sem divisórias, limpa, parecia estar esperando pelos dois, surgem duas cadeiras, sentam, o avô é e não é ele, vai se modificando, é recém-nascido, é adolescente, é adulto, é velho, chegam a trezentos anos, e aí uma voz diz: *mabsut*, não precisa dizer, estou contente, pois as duas bocas dizem ao mesmo tempo: é bom não recuar mais, podemos encontrar o que não nos agrade, um salteador, um bandido, um assassino, e então, então, en...

é uma noite escura, sem luar nem estrelas...

20

Receio de mãe

— Me diga, fala José, tu deixou mesmo nosso menino ir, deixou?

— Deixei, sim, e daí?

— E daí? Com aqueles três malucos!

— Malucos? São boa companhia, nosso menino precisa se soltar.

— Mas eles vão sair de tarde pra festa lá em São Miguel e não têm hora pra voltar, podem chegar aqui amanhã, e se acontecer alguma coisa? Te lembra daquela noite em que ele chegou em casa com a mão cortada porque foi pular a cerca de arame?

— E daí? Acontecer acontece, vou te refrescar a memória: te lembras do Emir, filho do Scandar, lá de Florianópolis? Estava tirando uma garrafa do alto de uma prateleira, se segurou, ela cedeu desabou com ele, duas garrafas rebentaram, ele esteve dez dias no hospital.

— Então se isso acontece dentro de casa, pode acontecer muito mais na rua, não sei porque tu te preocupas muito mais com as tuas meninas.

— Eu, eu, quem foi que insistiu contigo pra deixar as duas ir no baile das crianças com a Iolanda, irmã do João Mendes da livraria?

— Mas aí era de tardinha.

— De tardinha? A mais velha não se interessou e voltou

sozinha pra casa; a mais nova ficou por lá até quase de manhã e reclamou que a dança podia ter durado mais.

— Tu sempre desconversas, eu tava falando do nosso menino...

— E eu estava explicando porque é bom que ele vá, será que preciso repetir, ele já tem idade, precisa se soltar mais.

— Se soltar mais e se perder.

— E daí? Eu era muito mais levado e briguento do que ele, lá na nossa *maksuna*, e não me perdi.

— Tu não te perdeu, mas até hoje tens o tornozelo que não sara nunca devido àquela loucura de pular do alto do cedro do Líbano.

— Sempre me lembras essa história.

21
Boi bravo

Agora estavam no boteco, perto da igreja, bebericando uma gasosa ao mesmo tempo em que beliscavam uns torresminhos. Haviam saído cedo, meio da tarde, queriam chegar antes da festa começar. Tiveram sorte. Mal atravessam a ponte de ferro, chegam ao bairro Prado, para a esquerda é Três Riachos, para a direita São Miguel e Ganchos. Ia passando por eles uma carroça de dois cavalos vazia, acenaram para o boleeiro, ele parou, o que parecia o chefe do grupo pergunta: “Tás indo pra São Miguel?”. “Tou, pra falar a verdade nem sei se a fazenda do homem é em Tijuquinhas ou São Miguel”. “Podemos ir contigo?” “Poder não podem, mas entrem; uma boa prosa encurta caminho”. Um aboletou-se na frente, os outros do jeito que deu, iriam até no lombo dos cavalos. Um assobio do boleeiro, os cavalos partiram num trote que logo se acelerou. O boleeiro quis saber: “Estão indo pra festa em São Miguel?”. “Adivinhou?”, exclamaram os rapazes quase ao mesmo tempo. “Ora-ora-ora, se não é pra festa, então é pra consultar com o mandingueiro”. “A carroça é tua?”, quis saber um dos rapazes. “Quem dera! É do patrão”. “Tu é empregado dele?” “Não, gostaria, faço uns servicinhos e ganho uns mil-réis, que entrego para minha mãe”. “E teu pai?” “Ô gente perguntadeira! Quem muito quer saber, mexerico quer fazer. Vocês quem são?” “E tu, qual é o teu nome?” “Não tenho nome, sou o rapaz que trabalha pro Seo Venanciano da fazenda”. “Nesse caso, pra gente ser igual, também não temos nome. Eu sou o filho mais velho do Seo Abrahão, ele é o caçula da viúva Selma, o outro é o filho único do Manuel, fiscal da prefeitura, e o lá de trás é o mais velho do Seo Zé turco". "O Zé da venda?" "É". "Tive lá, fui entregar batata-doce, melancia, abóbora, farinha de mandioca, banana; voltei com sal grosso, sabão, querosene, vela, fósforo. Seo Venanciano e Seo Zé não sabem de dinheiro, se acertam trocando uma coisa por outra". "Até que é uma boa, dinheiro só faz mal, mas sem ele não se vive, parece", diz o filho de Seo Abrahão. "E teu pai?", outro pergunta. "É pescador, todos aqui são, vai pra dois anos foi pro Rio Grande na temporada de pesca, sempre ia, voltava com um bom dinheiro, até agora não voltou. Minha mãe não sabe o que fazer, se reúne com as vizinhas rezando pra Nossa Senhora Aparecida, já foi até no Ti Adão, mas ele foi franco: "Seu caso não é pra mim, procure em Coqueiros o *sprita* Araújo Figueiredo, o que posso lhe dar são umas ervas calmantes". Temos uma casa de madeira, um terreninho, porcos e galinhas, meu irmão mais moço cuida da horta e dos animais, minhas duas irmãs ajudam mamãe, e vamos levando. Ah, olhem ali pra direita, terreno todo furado do Seo Serapião, ele sonha com tesouro nas terras dele, já derrubou árvores, acabou com a roça de milho e de mandioca, e fica no sonho." "Sonhar é bom, mas viver é melhor", diz o filho do Seo Zé. "Não sei não, se eu sonhar e só ficar de pé pro alto, cadê os trocados que faço no Seo Venanciano, que só sabe fazer duas coisas: cuidar da fazenda e dizer que seus antigos vieram de uma tal de São Miguel nos Açores". "Mas vieram ou não vieram?" "Sei não. Olhem agora pra esquerda: ali no alto a casa do Ti Adão, que sabe tudo de ervas medicinais". "Sei-sei", diz o filho da viúva, "minha mãe até já foi lá se tratar com ele".

Chegavam a São Miguel quando uma voz, seria do filho do Manoel, se ouviu: "Tu estudou?" "Sim-sim, fiz o primário, dá pra ler, fazer as contas, escrever uns bilhetes, não pude continuar". "É pena", não se sabe de quem é a palavra. "Sei-sei."

Pararam no boteco da cidade. Ao descer, queriam dar uns trocados para o rapaz, dezoito anos, uns cinco a mais do que eles. Recusou, como insistissem, disse que estava também pensando vir à festa, aí tomavam uma cerveja.

Demoraram-se no boteco, até que o dono olhou-os de mau jeito, perguntou "pretendem dormir aqui?", pagaram, tinham tempo, foram ver a praia, vontade de cair n'água, lá no meio do mar a fortaleza de Anhato-mirim, lugar de assombro e fantasmagorias, falava-se que a árvore dos fuzilados por vezes, quando o vento era forte, chorava, nenhum tivera ainda coragem de ir até lá, o pôr do sol incendiava o mar, escureceu sem que percebessem, agora era a lua cheia banhando-se naquelas águas tranquilas. Só então se deram conta, devia estar começando a festa, se é que já não começara.

O pátio em frente à igreja estava atulhado de crianças, jovens, adultos, velhos, formando uma roda, cada qual procurando melhor se situar, deixando no centro um vazio, onde se desenrolaria o folguedo popular. Os quatro amigos furaram a parede humana, atropelando muitos assistentes, e o mais briguento deles quase se atraca com outro igual a ele, ambos querendo a primeira fila. Não demorou para que se ouvisse a música e a cantoria. Logo se abriu a roda, e os componentes do Boi-de-mamão entraram debaixo de palmas:

os músicos cantores
o boi
o cavalinho com seu laçador
a cabrinha
o médico
o urubu
o Mateus
a Maricota
a Bernúncia

A cantoria abriu o espetáculo, o primeiro a se apresentar foi o Boi, enquanto cantavam

Vaqueiro, traz o boi,
Não me queira demorá

Vem cá, meu boi, vem cá!

Quero ver Mateus dançando.
Pra fazer o boi cansá.

Vem cá, meu boi, vem cá!

Quero ver o Boi-de-mamão
Vir dançando rentinho ao chão,

Vem cá, meu boi, vem cá
Atravessá no caminho,
E não deixar ninguém passá.
Vem cá, meu boi, vem cá!

Ele dançou e investiu contra as pessoas, fazendo brechas que logo eram preenchidas; tamanha vitalidade durou pouco, foi ficando lerdo, desabou no chão, morreu. De imediato o urubu se pôs a bicá-lo da cabeça ao rabo, com Mateus tentando afastar a ave de rapina. É quando entra em cena o médico-curandeiro, com seu ramo de arruda e suas benzeduras. O Boi ressuscita para alegria da assistência que canta:

Alevanta, boi *dorado*,
Alevanta devagar.
Já te disse uma vez
Não te torno a mandar.
Te apronta e vai embora
Que tua dança tá na hora.

Entra o laçador em seu cavalinho, tenta laçar o Boi, animado pelo coro,

O meu cavalinho.
Ele já chegou
O dono da casa
Não cumprimentou.

O meu cavalinho,
Com laço de fita;
O ginete dele,
É moça bonita.

O meu cavalinho
Cavalo picaço,
O ginete dele

É que traz o laço.

Vaiado se falha, até que laçado o Boi se retira sob aplausos e palavras de apoio

O meu cavalinho,
Não tem mais demora
Dá a meia-volta
Laça e vai embora.

A Cabrinha faz figuração ao som de

Vem vaqueiro traz a cabra,
Ei cabra, ei cabra,
Não me queira demorá,
Ei cabra, ei cabra
Esta come laranjeira
Ei cabra, ei cabra
Alecrim e mangará
Ei cabra, ei cabra.

Vaqueiro arretira a cabra
Ei cabra, ei cabra.
Já te disse uma vez
Ei cabra, ei cabra.
Não torno a mandá

Preparando a entrada da Maricota-maricotinha, nos seus três metros de altura, longos braços, saracoteando por todo o espaço, os assistentes cantando:

Fizeram baile bonito
Fizeram baile de roda
Tá chegando a hora
De dançar a Maricota.
Dona Maricota nariz de pimentão
Deixou cair as calças
Bem no meio do salão

Um dos momentos mais esperados é a chegada da medonha Bernúncia, que arremete, cantoria ao fundo:

Bernúncia, minha Bernúncia,
Bernúncia do coração.
A Bernúncia dança bem
Quando chega no salão.

A Bernúncia vem chegando,
Espalhando toda gente.
É o bicho que alvoraça,
Quando chega de repente.

A Bernúncia tá dançando,
Ouve que diz um colega.
De noite não vá pra rua,
Que a Bernúncia te pega.

E engole e desengole crianças apavoradas. É a hora da despedida. Mateus, espécie de mestre de cerimônia, passa o chapéu ao som de:

Vamo embora, minha gente.
Bananera chorá, chorá.

Pra lugar diferente,
Bananera chorá, chorá.

A discussão agora é em torno da qualidade da brincadeira. Um diz "o de Tijuquinha é muito melhor, esse aqui é bem fraquinho, a Maricota-maricotinha nem sabe dançar e pular na perna-de-pau"; outro "tu é porque és de lá, esse aqui dá de dez".

Desavenças à parte, os quatro estão é com fome. Dirigem-se ao boteco, quase vazio, pedem gasosa de groselha, pedaços de linguiça e queijo da serra, lamentam não ter reencontrado o boleeiro. Botam o pé na estrada, cantarolando uma variante:

Atravessá numa lagoa,
Onde nunca ninguém passô.
Vem cá, meu boi, vem cá!
Sete corrente que tinha,
Todas sete arrebentô.
Vem cá, meu boi, vem cá!

22
Um susto

O pai acaba de chegar de outra viagem. Esteve fora mais de uma semana. Dessa vez aventurou-se para além de Bom Retiro, caminho de Lages. Volta com a carrocinha atopetada de gêneros alimentícios da região, trocados por produtos industrializados. Chama: me ajudem a descarregar. A mãe, que começava a ficar preocupada com a demora, acorre, grita pelos filhos. Os gêneros serão estocados, poucos dias, até que ele vá a Florianópolis negociá-los. Sabe para quem levá-los, comerciantes medianos do Mercado Público. Em Biguaçu não há consumidor para a quantidade que trouxe. Está habituado. Vai ser, outra vez, a mesma troca, algumas encomendas de fregueses. Levará, além do convencional feijão, milho verde em soca, batatinha inglesa, frutas da estação, marmelo, laranja umbigo, vergamota. Aufere algum lucro. Assim vai se mantendo, embora raramente enxergue dinheiro vivo. Até na venda funciona o escambo, antigo sistema de troca. Sempre melhor do que fiado.

O trabalho terminou. O pai pede: desencilhe o cavalo, filho, leva ele pro pasto, o bicho deve estar mais cansado do que eu.

Sultão bufa, escarva o chão, quer se livrar do freio, quer se espojar no barro ou na grama, quem sabe um banho de rio para me livrar do suor, está com sede, está com fome.

Célere o filho obedece. Monta no cavalo em pelo, hábito adquirido há algum tempo. Cavalo e rapaz se entendem, se conhecem. Vezes sem conta andaram juntos pelas imediações, passeio ou trabalho. O pai sempre recomenda: te cuida; o filho mal responde, ou nem responde. Gosta de sentir-se livre, solto, a cavalgar com o vento envolvendo-o, seguro sobre o dorso do animal. Boa a emoção de ver gente casas árvores bichos ficando para trás, sumindo, uma sensação de liberdade plena.

Sultão sai a passo, em marcha lenta, Taira seguindo-os de longe. Basta incentivá-lo, leves palmadas no pescoço e no lombo, parte num trote; só atiçá-lo um pouco e está galopando.

O pasto não fica longe. É boa, é gostosa a aragem no cangote, na face, cabeleira esvoaçante beliscando-o, estimulante o cavalgar, também Sultão gosta, sumido o cansaço, homem e animal integrados. Pena que o trajeto seja tão curto!

De repente, varando o silêncio, o estrondo. Assemelha-se a um foguete espoucando, fendendo o ar; logo outro, mais demorado e forte; outros ainda.

Sultão se apavora, corcoveia, dispara, salta. O rapaz quer acalmá-lo. Não consegue. Em vão pede, clama, implora, num suave afago passa a mão no pescoço do animal, gruda-se na crina. Grita: "Sultão, calminha, Sultão amigo, já passou"; e a seguir, diante da inutilidade de suas tentativas: "parem ele, parem ele!". Pessoas olham com espanto. Quem teria como parar, ou coragem de parar aquele animal tão manso, tão pachorrento – agora um xucro selvagem, endoidecido.

De inopino, em frente ao pasto, a parada brusca, o rapaz é projetado para o alto, dá uma cambalhota por cima da cabeça do Sultão, cai de bunda, logo fica estirado, corpo imóvel. Assim um tempo, talvez inconsciente. Volta a tomar tenção no que o cerca. Começa a se mexer de leve, com extremo cuidado. Apalpa-se. Tudo bem, parece. Dores generalizadas, o que é normal. Por sorte nada quebrado.

Do lado de fora da cerca, o cavalo espera. Esforça-se, com a cabeça, para abrir o portão. Não consegue. Admira-se de ver o corpo encurvado. Relincha, mexe a cabeça, olha com um olhar comprido como quem diz: vens me atender ou não, como é, te levanta e me deixa entrar!

Ainda arrastando-se, procura se erguer. E o que faz agora o filho do Seo Zé e da dona Tamina é abrir a cancela. Acena para o rangente carro de boi que o deixará na porta de casa, enquanto pensa: este susto é mais uma lição.

23
Lição dois

Viera a Florianópolis a mando do pai, havia alguns serviços que não podiam ser protelados. Contas a pagar, encomendas a fazer, a vendola necessitava de açúcar branco, de sal, de sabão, de vela, de querosene, tinha para oferecer batata inglesa, cebola, farinha de mandioca, milho, feijão, aipim. O pai adoentado, era a perna que nunca sarava e era uma morrinha por todo o corpo, ficava-se largado, nem o noticiário o atraía, a mãe tendo que dar conta de tudo, da venda, dos filhos, da arrumação da casa, das refeições, do marido que teimavam em não se alimentar, cuidar-se, conforme recomendara Seo Taurino, o farmacêutico. Ela alertara, José, *habib*, ainda tão pequeno o menino, vais mandar ele na cidade, perigoso, pode se perder, o pai retrucara, quem mais, e com a idade dele eu já estava cansado de trabalhar, e trabalho do pesado, atravessava a minha terra a pé cuidando das cabras, ajudava em casa e mourejava na fabriqueta de azeite.

O rapazola está na cidade. Não teve maiores dificuldades em cumprir o que o pai determinara, já estivera ali com ele, comprou parte da encomenda na Casa Savas, outra no Kotzias, o restante num patrício no Mercado Público, vendeu o que tinha que vender, para ser entregue dali a dois/três dias depois, a um atacadista freguês do pai, fez pagamentos. Depois resolveu dar uma circulada pelo centro, matar saudades, há tempos não vinha até a Capital, ali morara dois anos, com um parente, estudando no Grupo Escolar Lauro Müller, depois que terminara o primário no Grupo Escolar Prof. José Brasilício de Souza.

Demorou-se no Mercado Público, baleeiras que chegavam com peixe fresco, com legumes, com verduras, com frutas, foi até o cais ver os navios do Hoepcke, atravessou a Alfândega, subiu a rua do Grupo, rodeou o muro, lembrou-se das escapadas que davam para ir jogar bola no campo do Bush, enorme descampado não muito longe, admirou-se, afinal o muro que cercava a escola era alto, mas os moleques pulavam para a rua sem maior esforço, ágeis, lépidos, lembrou-se das incontáveis peladas, riu, todos aplaudiam seu forte chute de esquerda, delas saltou para a briga: provocado por um colega de sala, que fazia pouco caso de suas roupas pobres e mal enjambradas, de seu sotaque carregado, do nome exótico-esquisito, um dia não aguentou, na saída o convite, decidiram, vamos resolver tudo no tapa, começaram na escadaria do Rosário, logo foram alertados, muito perto da escola, alguém podia ver e denunciar ou apartar, caminharam para diante, mais longe, lados do colégio das Irmãs, colégio só de meninas, perto de outra escadaria onde se encontrava o prédio da União Operária, ali assistira a espetáculos de teatro, música, dança, agora a roda dos acompanhantes encorpava, dois ou três foram destacados para ficar à espreita, observar se vinha alguém, um guarda, um adulto que passasse por perto e resolvesse intervir, desapartar a briga. Assim trocaram de local três ou quatro vezes, quando estavam se soqueando mais forte um dos vigias gritava, aparta, aparta, separa, vem vindo gente, então como bons amigos, rindo e conversando, se tocavam para diante, outra clareira, retomavam a briga no mesmo ponto, eram leais, quem estivesse ganhando continuava ganhando naquela luta uniforme, igual, os dois quase da mesma idade, da mesma altura, do mesmo peso, ambos se esforçando, um dizia, te dou uma tunda de criar bicho, e o outro, não nasceu ainda quem me faça isso, vê quem está mais pisado, sentiam-se exânimes, desejosos de parar, cansados, mas não queriam demonstrar fraqueza, não podiam desistir diante dos colegas, até que um dos dois, ou seriam ambos ao mesmo tempo, ou algum dos assistentes sugeriu, chega por hoje não chega, tá de bom tamanho a briga, já provaram (provamos) que são bons de luta, tansos se continuarem, agora vamos é tomar uma gasosa e tocar pra casa que já é tarde.

Concordaram, ele não tinha dinheiro, o adversário fez questão de pagar, descobriu enquanto bebiam que o colega com quem brigara, filho de italianos, morava para os mesmos lados, nos altos da Rua Conselheiro Mafra, já perto da ponte Hercílio Luz, ele explicou, paro na casa de uns parentes, explicou mais, sou de Biguaçu, reforçou a explicação, o pai modesto comerciante, acrescentou, viera estudar na capital porque tinha terminado o curso primário e queria continuar os estudos, aprender, saber; logo descobriram afinidades, gostavam de ler, gostavam de uma pelada, gostavam de um banho de mar, adoravam cinema, os seriados, os "não perca o próximo episódio" com a mocinha em risco de vida, como escapará da armadilha, não perdiam filme do Buck Jones, do Tom Mix, gostavam da mesma professora que sabia dar aula, motivá-los, incentivá-los.

Não mais haveria o combinado segundo turno da briga, os colegas ficavam provocando, como é, desistiram foi, por que, não explicavam o que ocorrera, respeitavam-se, por vezes iam juntos para casa, por vezes às matinês, embora de início na escola continuassem se olhando de esguelha, no intuito de não demonstrar que a briga era coisa do passado, um equívoco, ou não, reconheciam, ela fizera com que se tornassem amigos, confidentes.

Da escadaria do Rosário, admirando a igreja lá no alto, aquilatando o que ela representava, construída por negros escravos, desceu para o mercado, ficou outra vez zanzando, a verdade é que a cidade o fascinava, depois foi até o Miramar, meninos continuavam se jogando na água na incansável faina em busca de moedas, espadanavam dando demorados mergulhos, voltavam orgulhosos com a moeda entre os dentes, pediam, me dá um bolinho, me dá uma gasosa, os mais taludos arriscavam pedir uma cerveja, dali foi até a Praça XV, sentou-se em um dos bancos sob a enorme figueira, nostálgico relembrou os tempos que passara em Florianópolis, teria como encontrar algum colega, mais especialmente o da briga, ficou observando o movimento, gente que passava, gente que sentava, gente que se levantava, conversas, risos. Distraiu-se. Quando se deu conta anoitecia, correu em direção ao ponto de ônibus, perto da Alfândega. Chegou tarde, ainda o viu, já em velocidade, rumo à ponte Hercílio Luz. Inútil tentar alcançá-lo.

E agora? Não tinha como se comunicar com os pais, não tinha coragem de procurar abrigo na casa dos parentes ou de patrícios, checou, fechadas as casas de comércio, não tinha amigos tão chegados que pudesse apelar para eles, e mesmo que tivesse, arredio como era jamais o faria – e pior, não tinha dinheiro para um hotel razoável, mal tinha para uma pensão, desde que resolvesse optar, a escolha era comer e dormir na rua, ou dormir na pensão e não comer, matutou, na rua de jeito nenhum, tinha receio do que lhe poderia acontecer, até acabar preso por vagabundagem, nenhum documento, e se na rua, aonde, debaixo da figueira, no mercado, num banco do Miramar?

A solução mais viável era dormir em alguma pensão, não se alimentar até o dia seguinte, chegar em casa ressabiado, e além da fome ouvir o ralho do pai, talvez até umas lambadas na bunda, uns puxões de orelha, ver o rosto preocupado da mãe insone, os irmãos cochichando, a mãe, chorosa, iria por certo dizer , Yussef *habib* (quando ficava tensa ou preocupada o pai não era mais José), Yussef *habib* não te disse, disse, que devias esperar um pouco, não mandar o menino sozinho, eu disse que tu deixasse pra depois, tu melhorando, ou eu mesma iria. Para a mãe, o filho adolescente continuava sendo o menino, meu menino. Os outros irmãos tudo acompanhariam de longe, misturando zombaria e receio.

Optou pela pensão. Havia uma nos altos do Mercado Público, velho prédio batido pelo mar, a Pensão Kowalski, na parte de baixo boxes repletos de gêneros para o abastecimento da população, gêneros em boa parte do interior da ilha, ou de municípios vizinhos, vindos de baleeira; e ainda bares onde uma fauna notívaga se distraía. Subia a escada, pensando no que diria o preto velho Ti Adão, na sua sabença de cem anos, resistente, vinha no calcanho de São Miguel até a venda do Seo Zé, por certo repetiria o mesmo refrão: "Te aprecata, mô fio". Não se aprecatou, agora chegava à portaria da pensão, perguntou o preço, o porteiro olhou-o desconfiado, teve que explicar, gaguejou, o porteiro abanou a cabeça concordativo, avisou o preço para o pernoite, dava, ainda sobravam uns trocados para o café da manhã, um ralo café preto com pão dormido, sem mais nada, nem leite. Pagou o quarto, subiu. O quarto, com divisória de fino tabique de madeira tinha uma cama que dava para casal, roupa de cama encardida, na cabeceira uma toalha de rosto. O banheiro distante, no fim do corredor. Deitou-se. Não demorou a dormir.

Acordou sobressaltado, não sabia onde estava, até que tomou consciência. De um lado roncos capazes de despertar um morto, roncos descompassados, ficava tenso esperando o novo ronco que podia vir logo em seguida ou demorar; do outro gemidos, gemidos e sussurros, gritinhos abafados, uma voz alta e grossa dizia persuasiva: "deixa-deixa, queridinha, deixa-deixa sim, amorzinho", a outra voz, fina, tênue, modulada, respondia: "assim não benzinho, não mesmo", seguia-se o silêncio, voltava o ronco, que agora se fundia ao sussurro, outra vez o silêncio, ele pensa "vou poder dormir", dormir, dormindo pouco importam ronco e sussurros, impossível, teria chegado a dormitar, por certo não, ficava atento ao ronco, aos sussurros, qual retornaria antes, eis a insistente voz grossa, "deixa-deixa, sei que vais gostar é bom", seguiam-se movimentos sincopados, mais silêncio, impossível determinar a duração, depois novamente agrediam-no os roncos de um lado, os gemidos do outro: "uf-u-uf-u, ai-ai que bom mais, mais mete mais bem fundo que gos-to-so-que-bom-vou-desma-iar, uf-u-uf", "eu não disse, mor-ro vou mor-rer vem-vem amor", roncos e vozes se fundiam e confundiam, se elevavam-baixavam, aumentavam os gemidos, agora voltavam a se misturar aos roncos do outro quarto, um roncar ininterrupto, ou não, ele nem sabia ao certo, virava-se na cama, tapava os ouvidos, com o travesseiro, com as mãos, forçava-se, queria dormir, vou dormir, estava com sono, preocupado, inquieto, cochilava, logo de novo desperto, de que jeito dormir, o que lhe aconteceria no dia seguinte, a zanga do pai, bom se ficasse só na zanga, o ar sofrido da mãe, a chacota dos irmãos, logo a novidade circularia, os amigos, "me conta; caíste na gandaia, hein", esforça-se mas sem querer continuava se mantendo atento ao ronco de um lado, aos gemidos do outro, gemidos e movimentos, a imaginação se projeta, parecia-lhe, por vezes, acompanhar tudo através de um vidro, os corpos suados, outra vez a voz grossa, não mais impositiva, agora de forma persuasiva, sussurrante, devia ser a boca grudada ao ouvido, "deixa-deixa só um pouquinho bem de leve tu vai ver tão bom tu vai gostar tenho certeza juro", tudo dito num jorro a que se intercalava o ronco, a voz feminina, modulação sumida, receio e vontade se confundindo, também uma pontinha de irritação, outra desejo de experimentar, cada vez menos convincente no tom de relutante aceitação, um já disse não-não mera formalidade, e repetia querendo ainda se autoconvencer, se autoafirmar, não insiste já disse, e por sua vez a voz masculina, vendo-se próxima da conquista, deixa-sim-deixa, e o ronco mais forte interrompia a frase, um ronco agora sim interminável que extravasava, que ultrapassava as fronteiras do quarto, da pensão, do mercado, da noite, até que ia sumindo, e um restinho da frase queria se interpor, gostar, as vozes sumiam, os sons sumiam, só o movimento na cama, o ranger, depois nem isto, o nada.

Deve ter dormido, por quanto tempo não sabe, no sobressalto do acordar volta a ouvir o ronco, o gemido, a voz suplicante "me deixa-não-que-ro", e a voz impositiva, "gos-to-so-é-gos-to-so-vês-não-vês", e o ronco volta a suplantar falas, recusas, aceitações, gemidos, dividido o rapaz continua virando-revirando na cama, queria-não-queria retornar ao sono, dormir até amanhã, voltar a tapar os ouvidos com as mãos, com o travesseiro, muda de lugar, da cabeceira para os pés, inútil resistir, imagina-se sufocando os roncos com um travesseiro, o corpo gorducho (por que gorducho?, se interroga) estrebuchando, se apagando, imagina estar vendo os corpos nus, os movimentos que o homem fazia cavalgando a mulher, subindo-descendo, rostos tensos, suor porejando, lembrava-se de leituras eróticas, excitado por vezes se masturbava, que o deixavam entre lasso e constrangido, um sentimento de culpa, em outras ocasiões, saído da leitura, comentava com amigos, deve ser bom deitar com mulher, sentir-se abraçado, afagado, dois corpos no mesmo êxtase, para os rapazes amor e sexo era o mesmo, por vezes perto do rio Biguaçu faziam reuniões coletivas onde discutiam a respeito das colegas de escola, de vizinhas, uma mais atirada, outra mais sedutora, aquela que timbrava em mostrar o início das coxas, esta em quem já despontavam os seios, masturbavam-se em grupo, não muito distantes uns dos outros, para ver qual acabava mais rápido, quem ejaculava mais longe, a porra branca gosmenta manchando-branqueando o verde da graminha, já lhe acontecera ter ereções incontroláveis em lugares impróprios ao ver um decote mais fundo, uma bunda se alteando, o gingar de uma caminhada, ou ao ler trechos de livros, (*O primo Basílio*, por exemplo) para o poeta cego dono da livraria, certa vez percebera movimentos estranhos enquanto lia, só depois se deu conta, era o João Mendes se masturbando, ficou constrangido, fez que não notou, já sentia premente necessidade de sexo, tímido e introvertido nunca procurara, como amigos e colegas da mesma idade, mulheres que se ofereciam, pagas ou não, vadias ou empregadas, nunca soubera o que é gozar com uma mulher, será que os amigos falavam sério ao se referirem às infernais noitadas devassas de tremendo delírio, conforme lhe contara um, será mesmo que o Adalberto, o mais afoito de todos, tão gabola, tão extrovertido, tão simpático e envolvente, de irresistível prosápia, tinha à disposição a jovem mulher que sequiosa lhe abria as pernas, que se derretia toda para ele, verdade que o Adalberto era mais velho, dois-três anos, mais experiente, até mais viajado para outras bandas, estivera em Santos, no Rio, contava esfregando as mãos, olhos brilhantes, lábios trêmulos, macacada, quando o marido da dona viaja, e viaja muito, trabalho lá dele nem sei do quê, a mulher bota um sinalzinho, pano de determinada cor num canto da janela, cor bem definida, combinação já acertada entre nós, eu já sei, me toco de noite pra lá, porta encostada, entro de mansinho passo até o amanhecer no bem-bom, até me canso e a danadinha continua no fuque-fuque, me diz sempre, mais-mais tudo o que quiseres, explica, amo meu marido mas o coitado é brocha, então fico sonhando com as viagens para te receber, incentivo-o, eu preciso, ah!, se não precisasse, todos querem saber quem é, onde mora, mas o Adalberto fantasia, enrola, fecha a cara diz, quem pensam que sou, pra entregar ela, não quero contar mais nada, não vou contar não, contar não adianta, seria tudo imaginação, não tinha o que contar e inventava, a dúvida persistia, durante dias a turma seguia-o, em vão, Adalberto sabia se safar, evaporava-se, sumia num repente sem quê nem por quê, no dia seguinte aparecia aparentando cansaço, olhos mortiços, saciado exclamava, macacada estou um trapo só, em tira, eta mulherinha capeta!, quer sempre mais, vocês nem imaginam a sova de sexo que a danadinha me deu, quase acaba comigo, quase tive que entregar os pontos e olhem que a bichinha é mais velha, perto da idade da minha mãe, me comeu todinho a louquinha, em lugar de eu comer ela, mas foi bom, quando entrei já estava nuinha em pelo, abriu os braços, abriu as pernas, gritou vem-vem, gemeu, porque demoraste tanto seu ingrato gostoso, vem logo, estirada na cama, fui, um corpo, nem conto pra vocês, uns seios com biquinhos duros como se fossem de mocinha, pedia que eu chupasse, a bunda alteada, uma fome daquelas, insaciável, deixava em suspenso o "alteada" e o "insaciável", pouco adiantava rogar, pedir, implorar, insistir, ameaçar, conta-nos mais, dá a dica, afinal somos amigos não somos! Ria, olhava para o bando inquieto, dizia, não desanimem, a danadinha acaba comigo, antes disso sorteio um de vocês pra ir lá. Se a danadinha aceitar.

Voltou de suas recordações com um grito dolorido da mulher, um chega-chega, que vinha do mais fundo das entranhas, que era grito e era ronco, onde um e outro não tinha mais como identificar. A esta altura, sono sumido, ficava torcendo para que os roncos parassem, para que o casal continuasse, para que pudesse neles se concentrar, gostaria que o tabique não fosse até o teto, para que pudesse não apenas imaginar, mas ver os corpos se revolvendo, sentia o membro enrijecido, um princípio de ereção, instintivamente passou a massageá-lo, a mão ia e vinha, quase no ritmo do movimento do outro lado, pensar em quem nesse momento, na vizinha da casa perto do rio, por quem sentia tesão, que o provocava e ficava se rindo dele, ou nas amigas das irmãs, especialmente uma, aquela atirada, fogosa, que vinha visitá-los quase todo dia, elas ficavam a brincar, conversa maneira, cochichando e rindo, virando-se em direção a ele, era morena, bonita, olhos prometedores-provocadores, boca úmida e carnuda, língua sempre circulando a boca, seios agressivos, às vezes baixava-se para deixá-lo entrever, o que seria que tanto conversavam virando-se de um lado para o outro, fixando-o de forma demorada, a amiga colava a boca no ouvido de uma das irmãs, segredava, riam muito, e alto, tapavam a boca com as mãos, mas ele, na sua indesmentida timidez não tinha coragem de se aproximar, de participar das brincadeiras, jamais tivera namorada, namoradas eram as heroínas dos livros e as estrelas do cinema.

Um grito repercute por toda a pensão. O ronco para. A ereção some. Corte brusco na imaginação. Retorna ao quarto. A mulher estaca o grito. Bufa. Suspira. Com voz irritada determina: "Chega, seu bandalho, basta; não foi pra isso que me trouxeste aqui, que me enganaste me puxando pra este pardieiro com palavrinhas doces, que queridinha merda nenhuma, queridinha é a mãe, me deixa, me larga".

24

A novidade

Não é bem novidade. Nem mesmo surpresa. Mera constatação. Os versinhos dizem tudo: "choveu, choveu/Biguaçu encheu;/em Florianópolis mal começa a garoar,/ em Biguaçu já se pode navegar". Atribuídos, com ou sem razão, a Seo Geraldino, contraparente e atual adversário do Seo Fedoca, padeiro-prefeito. Sem discussão, a autoria passa a ser do poeta-comerciante, ou vice-versa, satirista implacável. Jamais ao outro, o João Mendes, poeta, livreiro, cego, dono de um versejar lírico, de um romantismo derramado.

Num já, tudo tomado pelas águas: rua, ruelas, becos, descampados, casas alagadas, pessoas ao desabrigo. Interrompe-se o tráfego, tanto para o Norte como para o Sul. Ilhados. Sem saída. O jeito, refugiar-se na casa de amigos, de parentes, na minúscula parte mais alta (e haverá?), andar de bateira pela Veneza catarinense, boa diversão para a gurizada, alheia aos perigos, indiferente às conversas dos mais velhos, aos riscos de desabamento, aos estragos e mortes, aos avisos: menino, te cuida, há pouco caiu alguém no rio, rapazinho parece, sumiu levado pelas águas, ainda não encontraram o corpo; outro lembra: ontem apareceu o do homem afogado, lá pelas bandas de quem vai pro mar, não acreditou quando disseram que a correnteza era tamanha, vais te arriscar?

Chuva. *Labnia*. *Jadra*. Gamão. Cigarro. Bastavam dois dias, pouco mais, pouco menos. Felizmente na casa de dona

Tamina e Seo Zé faltava ainda meio metro para que a água atingisse a soleira, ainda assim sacos de aniagem eram colocados para dificultar o alagamento, só eram abertas as janelas que tinham vidraça. Nesse começo de manhã Seo Zé já tinha atendido dois fregueses que haviam chegado de canoa, um queria sacos de aniagem e feijão, o outro um pacote de velas e uma garrafa de querosene. Dona Tamina estava na cozinha, hoje ia preparar uma *labnia*, a coalhada pronta, carne e trigo na máquina de moer, logo os bolos de quibe iriam para o fogo com a coalhada, incomum tal prato, a carne cara, o trigo escasseando. No dia a dia era *jadra*, apelidado pelos filhos de *mi-jadra*, arroz, lentilha, uns temperos, passável se por cima tivesse finas fatias de cebola frita . O pai, depois de folhear a revista *Oriente*, na qual o verso do poeta Fauze Maluf "nós somos escravos da vida e da morte" fê-lo meditar, chamou um dos filhos para jogar uma partida de gamão; aberta a caixa, colocadas as peças pretas e brancas em seus devidos lugares, cada um pegou um dado para ver quem iniciaria a partida; foi a vez do filho, com um 5 contra 2. O movimento inicial outra vez favoreceu o filho, começou com um excelente 6 e 6, já o pai teve um desestimulante 3 e 2. Todo jogo demanda saber e boa dose de sorte. Na jogada seguinte o filho fez um 3 e 3, muito bom e o pai começando a se irritar 2 e 1.O plac-plac da inseparável bengala no assoalho, um alerta. Pediu tempo, puxou um cigarro de palha, por ele mesmo preparado. A mortalha era palha de milho seca, cortada; o fumo de corda, de preferência goiano, era picado com um canivete de lâmina bem afiada e posto num pequeno recipiente de madeira com pontas de aço que o moíam até a consistência apropriada. O pai bota o cigarro na boca, acende-o com o isqueiro, dá uma tragada, mas não engole a fumaça;

fumaça e cheiro atingem todos os que por ali estão.

Encurralada, Taira indócil empurra dona Tamina para a porta da cozinha, para a porta da sala, quer perguntar a Seo Zé por que a porta da venda também está fechada, pega na fímbria do vestido das meninas, na calça dos rapazes, salta até a janela envidraçada, observa a chuva que já dura três dias, será que desta vez as águas alcançarão a soleira das portas, Taira gosta da casa, gosta de todos, contudo presa a liberdade, quer sair, quer espairecer, quem sabe espojar-se nas águas.

Dessa vez, com a repentina enchente (e não eram todas repentinas, bastava a chuva despencar nas cabeceiras do rio?), havia uma novidade, sim. E das grandes. A notícia vara rápida, de um extremo ao outro da cidade: sim-sim, no bar-bilhar do casarão dos Born, ali em plena pracinha, o homem está na terra, ele mesmo, tenho-temos certeza, trancado, não pode sair, tinha compromissos em Florianópolis, viera de Joinville, de Blumenau, ou do Itajaí, e a enchente retendo-o. Boatos, tão rápidos quanto a força das águas: a apresentação era ontem, não, seria hoje, me disseram que amanhã, quem sabe ele ainda tem chance se as águas baixarem, vazam tão depressa quanto sobem, certo, mas pra isso tem que estiar antes.

O convite: vamos lá ver o cara, vamos? De canoa, de bateira, a pé, se arriscando, procurando as beiradas mais altas, a nado. O lá é o casarão onde o homem procurou abrigo.

Chegam. Ficam em uma das portas. Um diz: vai até ele, pede, quem sabe o cara se anima, dá uma canja. Nome conhecido, voz melodiosa, escutado nos rádios e em raros discos (quem ali tinha gramofone?), todos queriam ter a oportunidade de ouvi-lo ao vivo, de vê-lo, de trocar uma palavrinha, apertar-lhe a mão, muitos não o conheciam nem de fotos. Pediam que cantasse: canta, anda, um trechinho da valsa

"A Você", uma coisinha só, vamos; outro interferia: eu prefiro "Assim acaba um grande amor"; a maioria optava por "O destino desfolhou", trauteiam trechos, viram-se uns para os outros, indagam: onde anda o Roberto Galliani, cantor e violonista dos bons, talvez a presença dele anime o homem. Alguém se entusiasma, diz os primeiros versos, solta com voz desafinada: "O nosso amor traduzia/ felicidade, afeição/ Suprema glória que um dia/ tive ao alcance da mão". Para!, alguém exclama, nunca me esqueço, "O destino desfolhou" marcou minha vida, um amor de perdição, ainda agora tremo ao lembrar, nem conto, foi numa das viagens pro porto do Rio Grande, sei todo ele de cor, querem-ver-querem, e sem esperar resposta prosseguia, indiferente aos protestos dos que pretendiam insistir com o cantor: "Mas veio um dia o ciúme; e tudo entre nós terminou; deixando em tudo o perfume/ da saudade que ficou".

Em vão. O homem, vê-se, não quer saber de nada, reclama, irrita-se mais, frustrado, preso ali não sabe por quantos dias, repete a pergunta, chove muito ainda, demora a baixar – e aí como fico? inconformado, não quer acreditar que aquilo lhe acontecera. Chegara pela tardinha, debaixo do maior temporal. Quase fica do outro lado da ponte, que começa a ser tomada pela violência das águas. Na venda do Seo Zé perguntou: onde posso me abrigar? Responderam: teve sorte em passar, ande um tiquinho pra frente, fácil descobrir, no bar-bilhar da pracinha, perto da igreja, o casarão dos Born.

Ali está vai pra quanto? Dois/três dias? Uma eternidade! Sofre com o transtorno, nem pensa mais em Florianópolis, esquece a capital catarinense, onde seria mesmo a apresentação, no teatro, nos salões do Clube Doze de Agosto, no Lyra Tênis Clube? O que importa é não perder a temporada em

Porto Alegre e demais municípios gaúchos. E lá quer saber de cantar! Fica à porta do bar, atento ao tempo, em certos momentos se anima, parece que amainou, logo outra carga-d'água, vê a enchente avolumar-se, o lamber das águas no último degrau do casarão, as canoas vão chegando, cada vez mais pessoas querendo vê-lo, tocá-lo, pedir autógrafo. Ou imagina tudo isso? Não faz muito lhe fizeram chegar às mãos exemplar do jornal *O Estado*, de Florianópolis, anunciando, com estardalhaço, sua apresentação na Ilha, "um dos maiores, quiçá o maior dos nossos cantores".

Anoitece. A chuva não diminui. Ele caminha até o balcão, pede uma pinga, anda de lá para cá com o copo, demora-se vendo a partida de dominó na mesa dos fundos, vai até o bilhar, os tacos firmes nas mãos dos adversários, as bolas rolam macias no pano verde. Está atento a uma tacada difícil quando tem sua atenção desviada. É um violão solado com perícia, uma voz que se alteia, de alguém que domina ambos, violão e voz.

Corre até a porta, as águas continuam lambendo a entrada, ameaçam invadir o salão, mais um pouco será necessário procurar refúgio no segundo andar. Mais duas canoas. Em uma dois rapazes; na outra, três, a minúscula embarcação balouçante, ameaçando virar, os remadores atentos para equilibrá-la.

Em pé, empunhando o violão, o Roberto Galliani acena para Carlos Galhardo, dedilha o violão e canta, com voz afinada e maviosa, que lembra Chico Alves, com um tantinho de Orlando Silva, maiores cartazes da época, trechos de "Canta, Brasil". Versos e melodia uma agressão ao homem ali preso, que vê chegar até ele, na voz de um desconhecido, que quer, por certo, provocá-lo, uma canção de seu principal rival,

Francisco Alves, que no momento é sucesso absoluto em todo o país.

Roberto Galliani para, afina as cordas, pigarreia, trauteia para chamar a atenção de todos, gentes que foram surgindo de lugares inesperados, ergue mais o vozeirão: "As selvas te deram nas noites seus ritmos bárbaros/ Os negros trouxeram de longe reservas de pranto/ Os brancos falaram de amor em suas canções/ E dessa mistura de vozes nasceu o teu canto/ Brasil, minha voz enternecida/ Já dourou os teus brasões...".

25
Fim do Mundo – O Porão

Demorou quase quinze dias até que Biguaçu voltasse a ser o que era – se é que voltou, pois os mais velhos insistiam "foi o fim do mundo, jamais vimos enchente igual". Árvores, lixo e lama, logo que apareceu o sol, começaram a ser retirados de ruas e ruelas, bueiros foram recuperados, o mesmo acontecendo com o riacho perto da pracinha, em muitas casas a água chegou a meio metro e as ruas estavam cheias de objetos, alguns imprestáveis, em outros talvez pudessem dar um jeito. No terceiro dia de sol, Serapião e o filho tanso atravessavam a ponte quando o rapaz começou a pular, gritar, apontando para as águas, lá estava uma árvore com um tronco enorme, galhos sem folhas enredada nos pilares da ponte e dela pendia um corpo. Serapião foi ao prefeito, que já veio com alguns empregados e pouco depois retiravam um homem de seus quarenta anos, loiro, camisa de pelúcia, calças de brim, descalço; o farmacêutico Taurino veio olhar, declarou "Não garanto, mas creio que esteve na água por uns três dias", ninguém o reconheceu, teria vindo das cabeceiras do rio ou de Três Riachos, não tinha qualquer documento; o prefeito telefonou para Florianópolis e sem demora um camburão levou o corpo. No dia seguinte o jornal *O Estado* trazia breve notícia, com uma foto quase impossível de identificar, uma semana depois Seo Alfredo Silva recebia a notícia de que o homem havia sido enterrado como indigente.

Pouco antes das enchentes, com pompa e solenidade, o prefeito havia inaugurado um mictório, motivando uns versinhos do vendeiro-poeta Geraldino, aos quais agora se acrescentava a quadrinha

A chuva foi inclemente
Lá se foi o mictório
Do prefeito bom presente
Cadê nosso mijitório?

A casa onde morava a família de Seo Zé não foi quase atingida, no entanto numa tarde em que a chuva amainou, abriram algumas janelas ,antes que se dessem conta o temporal voltou com violência e inutilizou dois livros com histórias das *Mil e Umas Noites* e três revistas contendo fábulas orientais de Malba Tahan, só muito mais tarde ficou-se sabendo ser esse o pseudônimo do matemático Mello e Souza.

O porão de quase dois metros de altura era todo de pedra, muito bem trabalhado, com uma gateira e uma janelinha para arejá-lo. Nas enchentes anteriores nunca tinha chegado uma gota-d'água sequer até ele, agora ao abri-lo baratas e ratos mortos boiavam em poças d'água, duas caixas, uma com camarão seco e a outra com peixe escalado, encomenda de Seo Fermiano, estavam perdidas, também dois sacos de batata, um de arroz, outro de farinha de mandioca. A carrocinha veio do rancho onde era guardada, atrelou-se Sultão e tudo enrolado numa lona foi levado para o lixão, improvisado pela prefeitura num terreno distante do centro da cidade. Mais do que o prejuízo material, todos lamentaram a perda das histórias de Xerazade e das fábulas do Falso Árabe.

26
O gol

No campinho dos Born, a partida decisiva. Revanche entre o Guanabara, de Biguaçu, e o Tijucas, da cidade do mesmo nome, "os aguerridos rivais de sempre", nas palavras do locutor destacado para narrar "a memorável pugna".

Tudo igual no primeiro tempo, tudo igual nestes vinte minutos do segundo tempo. Permanece o zero a zero. Se o empate pouco interessa ao Tijucas, menos ainda ao Guanabara, que não pode perder em seu terreno. Um vexame! Vem de uma acachapante derrota na ganja do adversário.

O zagueiro esquerdo está machucado, se machuca, ou inventa-se uma contusão – pouco importa. E ele é chamado pelo técnico. Reluta: ninguém gosta de ficar na reserva, amargar aquele banco incômodo, com o agravante de que naquele dia estavam no campinho o pai e os irmãos, não a mãe, e as irmãs, pois mulheres não frequentam campos de futebol, compenetrou-se de que era uma clara injustiça contra um bom elemento em várias posições, da defesa ao ataque, principalmente na ponta esquerda, não é verdade que foi convidado a treinar no campeoníssimo Avaí, de Florianópolis?

Pensa: não faz mal. Esquece. Preciso ser superior às injustiças. Resolve ajudar os seus, provar que não podiam tê-lo alijado. E é então que chegam os quinze minutos de glória para o filho do Seo Zé.

Faz pouco tempo que entrou em campo. Mal pegou na bola. "A partida caminha para o inexorável fim" – diz o locutor. Permanece "intocado o placar": zero a zero. Ele ainda está frio, mas fervendo de raiva. Pega um rebote, vem lá da defesa, avança como um alucinado, passa por um, por outro, os companheiros insistem: "me manda essa bola"; nem quer ouvir, não ouve, os adversários gritam, de dentro e de fora do campo: "pega ele, não deixa ele, cuidado com o *demonho*". Mas não dá, parece mesmo tomado pelo tal de *demonho*, se aproxima da área; com um drible seco, vê o zagueiro esparramado no chão; o outro já ficou para trás; agora, diante dele, o goleiro que atarantado não sabe o que fazer, só abre os braços e espera; desfecha o chutão indefensável (e "incomensurável", conforme o locutor), que passa pelo goleiro e fura a rede, o que provoca um momento de suspense e dúvida, um movimento de protesto. Querem contestar, dizem os adversários: "não entrou, não, foi pelo lado de fora". Mas, irrefutável o furo na rede, bem à vista.

Pela potência do chute certeiro, ficou de novo sendo conhecido como (expressão utilizada pelo locutor e logo incorporada) "o coice de mula" – pouco importando que a rede estivesse podre.

27
Surpresa

Há dias em vários pontos da cidade o cartaz: "Programação de Aniversário".

Data: 17 de maio de 1939, 106 anos de Biguaçu.

As comemorações se iniciavam com missa solene às 8 horas, corrida de saco e pau de sebo na pracinha, pronunciamento do prefeito às 11 horas, futebol entre Avaí e Guanabara às 15 horas, Domingos Baiano e seu quarteto de cordas às 18 horas, seguidos de barraquinhas e fogos de artifício e baile de encerramento às 22 horas.

Os festejos haviam começado no dia anterior com maratona escolar, cada aluno redigindo quinze linhas sobre Biguaçu, corrida de bicicleta e uma dupla caipira que encantava o público com desafios e emboladas.

Bem antes das 18 horas, uma pequena multidão se concentrava na praça, aguardando a apresentação de Domingos Baiano e seu quarteto de cordas. Era a primeira vez que tocavam em Biguaçu, então se ficaria sabendo por que eles encantavam os blumenauenses. Minutos antes da hora marcada, já estavam no palco, montado no pátio da igreja, afinando os instrumentos, quando Domingos Baiano tomou o microfone e foi logo se explicando: "Dividi minha apresentação desta noite em três partes, a primeira e a terceira com quatro números, e um tango do imortal Carlos Gardel como segunda parte. É uma honra e uma grande satisfação estar nesta acolhedora cidade participando das mais que merecidas comemorações dos seus 106 anos. Não por acaso, vou iniciar com duas músicas de um compositor dos mais representativos da música popular brasileira, falecido neste mesmo mês de maio no ano de 1937, trata-se de Noel Rosa, nos 27 anos que viveu deixou um sem-número de músicas. *Pra que mentir* composta pouco antes de sua morte:

Pra que mentir
Se tu ainda não tens
Esse dom de saber iludir?
Pra quê? Pra que mentir,
Se não há necessidade de me trair?

Pra que mentir,
Se tu ainda não tens
A malícia de toda mulher?
Pra que mentir, se eu sei
Que gostas de outro
Que te diz que não te quer?...

Conversa de Botequim já é um clássico, não para de ser tocada na Nacional e na Mayrink Veiga:

Seu garçom, faça o favor
De me trazer depressa
Uma boa média que não seja requentada
Um pão bem quente com manteiga à beça,
Um guardanapo
(E) um copo-d'água bem gelada.

O que é que a baiana tem?, cantada pela inimitável Carmem Miranda, revelou um novo artista, o baiano Dorival Caymmi:

O que é que a baiana tem?
O que é que a baiana tem?

Tem torço de seda, tem!
Tem brincos de ouro, tem!
Corrente de ouro, tem!

Chão de Estrelas, do seresteiro Sílvio Caldas, encerra esta primeira parte:

Minha vida era um palco iluminado
E eu vivia vestido de dourado
Palhaço das perdidas ilusões

Meus três companheiros e eu precisamos de uns minutos para molhar a garganta, não se desesperem logo voltaremos com o tango *El día que me quieras,* de Carlos Gardel, que a rádio Belgrano de Buenos Aires não se cansa de tocar:

Acaricia mi ensueño
el suave murmullo
de tu suspirar
Como ríe la vida
si tus ojos negros
me quieren mirar

Agora vamos mostrar composições nossas:

Liedinho chorado, do fotógrafo Günther Bornman, ainda sem letra; as duas outras, também ainda sem letra, são minhas, *Ninho alheio*, dedicada à minha Frau e *Lá e Cá*, refere-se aos dramas de Canudos e do Contestado.

Tenham um pouco de paciência e logo revelaremos a surpresa. Peço que suba ao palco o Roberto Galliani, cantor e violonista, transformando este quarteto em quinteto. É a primeira música deste biguaçuense e a letra também é de alguem da terrinha, o poeta João Mendes que se recusou a comparecer:

Recordar

Recordar não é viver,
Pois eu falo com certeza.
Recordar não é prazer,
Quem recorda tem tristeza!

Eu recordo tantos dias,
De aventuras e de amor.
Quantas, quantas alegrias,
Hoje lembro cheio de dor!

Recordar não é viver,
Pois eu falo com certeza.
Recordar não é prazer,
Quem recorda tem tristeza!

Do passado só saudade,
Nos traz a recordação.
Longe da felicidade,
Fica o nosso coração!

Recordar não é viver,
Pois eu falo com certeza.
Recordar não é prazer,
Quem recorda tem tristeza!

Ainda temos esperança,
Quando tudo recordamos.
Colorimos na lembrança,
O que de melhor passamos"!

Os pedidos foram tantos que Domingos Baiano teve que dar um bis, enquanto o rapaz que ajudava João Mendes na livraria correu para lhe contar dos intermináveis aplausos que a valsa recebera.

Antes de chamar Roberto Galliani para o bis, Domingos Baiano falou: "Peço uma salva de palma para meus companheiros Johanes na viola, Frederic no cavaquinho, Salvatore no bandolim".

28
Buena Dicha

Saiu da livraria com palavras que não o largavam "Los sueños sueños son" quando ouviu "Muchacho Muchacho" podia ser e podia não ser com ele, virou-se. Era. Duas ciganas se aproximavam vestidas até os pés com retalhos de tecidos coloridos, lenço cobrindo os cabelos, amplo decote, berloques nos pescoços e nos braços, foram logo lhe perguntando: "Quiere tirar la suerte?", brincou: "Se não tenho nenhuma, o que vou tirar?", as duas riram, uma teria seus cinquenta anos, a outra, quem sabe dezoito e antes que a mais velha se apossasse, a mais nova tomou a mão do rapaz entre as suas, macias e quentes, mostrou-lhe a palma e disse: "Linha da vida bem longa, sinal de que vais viver muito, vamos ver a tua sorte, ler o teu futuro". Outra vez retrucou: "Pra quê, qual a graça em saber o que nos reserva o amanhã, melhor esperar, não te parece?", a jovem olhou-o fixamente, meio sorriso, olhos nos olhos, enquanto retalhos de seu vestido iam se desprendendo, até deixá-la inteiramente nua e ao redor dela voavam beija-flores, bem-te-vis, corruíras, sabiás, curiós, pombinhas-rolas fazendo-os flutuar, não a largava envergonhado com a ereção evidente, sem demora sua roupa foi sendo arrancada por biguás, gaivotas, gaviões, desnudando-o; já não era dia nem noite, as aves sumiram, os dois corpos se enlaçaram até que, súbito, eis o rapaz sozinho no meio da rua, repetindo em voz alta "Los sueños sueños son".

29

Os Brimos

Ele não aguenta mais: no primeiro ano foi a professora, trasanteontem o colega com quem brigou no pátio durante o recreio, se atracaram, rolaram pelo chão, por uma hora ficaram de castigo na frente do quadro-negro, tendo de repetir "não vamos brigar mais", enquanto, no caderno escolar, ia um recado para que os pais no dia seguinte procurassem o diretor; não é só: na rua, na pracinha, em qualquer lugar onde entra, na farmácia, logo a mulher que o atende grita: "Taurino, Taurino, vem atender o turquinho!", faz um tempo viu a mãe conversando com a professora dona Mariazinha, perguntando, "por que só pra nós dizem turcos, porque viemos pra cá? Se todos, até os portugueses e açorianos, vieram de fora expulsando os índios, donos da *maksuna*". O rapaz pensou: vou fazer um levantamento. Começa pelos seus.

Seo Abrahão, comerciante de tecidos respeitado, dono da primeira casa onde moraram em Biguaçu, só saíram porque era muito perto do rio e qualquer chuva estavam enfrentando enchente; Seo Abrahãozinho, dono do armazém mais sortido, perto da segunda casa, um pouco distante do rio, com porão de dois metros, e uma escadinha para chegar na porta; a viúva Selma, que tinha recursos deixados pelo marido; Seo Joãozinho, marido da professora dona Mariazinha, que tivera uns barcos de pesca no Rio Grande e não precisava mais pensar em dinheiro, batia papo e só; Salim o gordo, dono de um bar e um restaurante, estava acostumando sua clientela à *jadra*, lentilha com arroz, ao *malfuf*, rolinhos de folha de parreira, e principalmente ao quibe, no entanto ficou famoso quando certo dia apareceu com uma garrafa de champagne, convidou os fregueses mais assíduos, disse "esta bebida só tem na França, vou abrir e servir em copinhos de cachaça pra vocês, vejam que delícia" o primeiro a provar refugou, é uma merdinha pior do que a pior cachaça; e Seo Zé, claro, portanto seis. Vamos aos alemães: Dominico Reitz, dono de uma das três casas de dois andares, de um engenho de açúcar grosso; Federico Buhn, vizinho de frente da primeira casa onde morou a família, dono de uma ferraria e de uma pensão; Lucio Born, que tinha um casarão na praça, embaixo um bar, na parte de cima o salão de festas, para bailes, aniversários, casamentos; os Müller, todos com empresas; portanto quatro. Dois italianos, Galliani, que tinha uma bela chácara com árvores frutíferas, velho que trabalhara em Florianópolis na primeira iluminação pública da cidade; os Martinelli, donos do posto telefônico; Mendes e Sardá seriam espanhóis?; quatro mulatos: Marquinho jogador do Avaí, o soldado Valdir, Salézio, que todo dia vinha da roça em Três Riachos, caminhando cinco quilômetros até o Grupo Escolar, e Francisco que sonhava ser motorista de ônibus, um sem número de Silva, Pereira, Santos, e Ti Adão, o único negro que ele via por ali, sempre batendo papo com o pai (ultimamente se resumiam a um tema: se uma certa historinha popular antiquíssima era árabe, insistia Seo Zé, era africana, afirmava Ti Adão) ; um dia o rapaz teve coragem e perguntou: "Da sua cor só existe o senhor aqui?". Ti Adão foi rápido: "Sou um, e sou muitos, e vou te dizer uma coisa: se todos quisessem pensar direito, de qualquer parte que a gente venha, somos todos primos".

A historinha:

Com insignificantes variações, ela era a mesma contada por Seo Zé ou Ti Adão.

Era uma vez no palácio do Sultão... chega o mercador com suas bugigangas, abre-as e diz: "Sua Grandeza jamais viu o que vou lhe mostrar", e lhe mostra um espelho, o Sultão se olha menos de trinta segundos, berra, "Se em três minutos não desapareceres, mando cortar tua cabeça e penduro num mourão para ser comida pelos abutres". E chora por três horas ininterruptas. Nasrudin, que era o seu principal conselheiro, chora por três, seis, nove, doze, quinze horas, até que o Sultão irritado lhe diz: "Eu que sou eu e não gostei do que vi, chorei por três horas, e tu estás chorando há quinze". E Nasrudin retruca: "Sua grandeza se viu por trinta segundos e chorou três horas e eu que o vejo 24 horas por dia?".

30

Na ganja, não

ganja
Substantivo feminino
1. Bras. Informal. Atitude de soberba; presunção, vaidade. 2. ant. m.q. ganjento 3. ant. que toma liberdades excessivas; confiado, insolente.
Dar ganja a Bras. Sul Informal dar importância a (quem abusa da liberdade nas relações pessoais)
Etimologia: quimbundo *nganji* 'atrevimento, soberba'.
(Dicionário Houaiss)

ganja [Do quimb.]
Substantivo feminino.
1.Bras. Fam. Vaidade, presunção.
Adjetivo de dois gêneros.
2.Ant. V. ganjento.
3.Ant. Dado a tomar liberdades; confiado.

Dar ganja a. 1. Bras. S. Fam. Dar importância, dispensar consideração, a (pessoa abusada, confiada).
(Dicionário Aurélio)

ganja: expressão regional,
em desuso, não dicionarizada,
significa levar
vantagem,
tirar vantagem;
na ganja: estar em sua própria casa ou terreno,
levando com isso
vantagem numa competição.
na ganja, não: briga em terreno neutro.

A gaiola pende na mão. O filho abre a porta de mansinho, começa a sair, a mulher chama o marido, José, *habib* (jamais usava, mesmo de brincadeira, Zé Turco ou Zé Gringo, embora por vezes lhe escapasse um Yussef, ou até Yosé), vê só, de novo esta cabeça dura, não tem salvação, quase homem-feito e continua, agora levando um irmão, coitado do canarinho, pobre indefeso, já ter ele preso é malvadeza. O José larga a cadeira na venda, larga a revista em árabe que recebera de São Paulo, o rosto se entremostra, diz, como quem desistiu de reclamar, mulher, Tamina, deixa-deixa, não adianta, esquece. O filho nem retruca, embora tenha vontade, pra que, ô mãe, logo a senhora, que tanto gosta de ouvir o bichinho cantar.

O canarinho-da-telha está indócil, pula de um lado para o outro, bica o alpiste, mira-se na água do potinho de barro, aproxima-se da taquara, olha para a fêmea, quieta, parecendo pressentir o que virá.

Desafiado, o rapaz não relutara: aceito, para onde e quando; e o adversário: sábado tá bem, lá no meu quintal; e ele, de pronto: na ganja não tem graça, se é assim posso dizer, então na minha casa; não demora a resposta: pra tua também será na ganja.

Decidem: vamos prum terreno neutro. Discutem alguns pontos básicos. Concordam: não vai ser na ganja de nenhum dos dois; precisa ser equidistante do terreno de ambos. Isso também conta – e como!

Nesta manhã a disputa. Bem cedo. Amanheceu um claro dia de verão, logo o sol inclemente virá beliscá-los, o suor vai escorrer, prejudicar a disputa, sacrificar os bichinhos.

A notícia circula. E não só entre os rapazes da turma. Alcança o outro lado da pracinha de Biguaçu, depois do Grupo Escolar, mais distante do rio. Boa parte da molecada chegou. Examinam as possibilidades dos canários, ambos temidos, famosos, dos melhores da redondeza. Um deles (qual, ou os dois?) foi convidado para se apresentar em Florianópolis, pela beleza do canto e pela bravura na luta.

A roda se forma. O debate aumenta. Insatisfação: ficou acertado que estão proibidas as apostas em dinheiro. Absurdo, para alguns. Medida correta, para a maioria. O contraditório impera. Acocorados esperam. Os inconformados se afastam, decidem: vamos casar uns trocados, maior a emoção, ninguém precisa saber.

Quase ao mesmo tempo chegam os donos. Nem que houvessem combinado. Se as gaiolas nada têm de parecidas, a do primogênito de Dona Tamina e do Seo Zé sem qualquer penduricalho como enfeite, apenas o essencial, os canarinhos se assemelham. No tamanho, no trinar, na disposição, na garra. A diferenciá-los a cor mais acinzentada de um, puxando para o amarelo do outro. Logo se enxergam. Um sexto sentido os açula. Ficam excitados, botam a cabecinha por entre os vãos da gaiola.

Para que a briga seja fora da ganja é necessário que as fêmeas estejam junto. Em especial, se a briga for decidida com os canarinhos soltos, mais emocionante. A presença da fêmea garante a volta à gaiola. Caso contrário, há risco de não só o perdedor, mas até o vencedor não retornar. Com a presença da fêmea, impossível tal acontecer. Terminada a luta, o ganhador se exibe empafioso, para a própria fêmea e a do vencido, ruflando as asas, trinando; o perdedor, avexado, indeciso, busca se esconder.

Podem demorar um pouco, voam até as árvores próximas, sempre afastados, testam o alcance do voo, a alegria da liberdade, o céu imensurável, a resistência prejudicada pelo confinamento. Mas o retorno à gaiola é inevitável, garantido.

Zico relembra um fato antigo, insólito: o canarinho do Orlando nunca voltou. Raçudo, tinhoso, bom de... é interrompido pelo Salomão: ganhou ou perdeu? Na ganja? Há quanto na gaiola? A fêmea tava junto? Indecisa a resposta: como vou saber. Faz tanto tempo. Eu nem tava lá. Me contaram, né... Nova interrupção, já que Orlando não estava presente para confirmar ou desmentir: ah, sim, tá bom, entendemos – o ar galhofeiro diz tudo.

Por vezes os rapazes ficam se questionando: quais os motivos de o canário voltar para a gaiola quando solto? Hábito? Receio da volta à liberdade? Será tamanha a força de persuasão da canarinha? Paixão feroz? Existirá isso? E por que, se por acaso a solta for ela (experiências já foram feitas), perde-se lá no alto, some para nunca retornar, nem se lembra do infeliz companheiro que ficou solitário na prisão. Mais fiel o macho?

Eis aí outro motivo para exaltadas discussões. Grupos se apropriam do assunto. Um diz, estás vendo, ô cara! Insiste: e as donas ainda insinuam, ou até afirmam, que os homens é que são os infiéis. Outro, mais atento às mocinhas, com namorada firme, declara: precisamos testar, será mesmo verdade, afinal existem diferenças entre bicho e homem. E um terceiro, metido a sabidão: nós também somos bichos, hein!

É que sentem-se vidrados pelo bicho mulher. E todos, mesmo os de outras religiões (raros) e os incréus (mais raros) vão à novena, à noitinha, e à missa matinal aos domingos. Terminadas, ficam andando ao redor da pracinha perto da igreja, bem no centro, vão até o bar/bilhar no casarão dos Born, voltam, rapazolas e garotas se espreitam, se olham, trocam breves palavras, naquele jogo de sedução tão antigo e sempre tão novo.

O tema fiel e infiel não é absorvido com facilidade, não há consenso. Citam-se exemplos do bicho homem e do bicho canário. Buscam-se similaridades, homens, que acabam relegados ao desprezo, viram trapo; canários perdedores, que vão se esconder nas folhagens mais altas das altíssimas jabuticabeiras, desenxabidos relutam em reaparecer, demoram-se, mas sempre voltam, não resistem ao chamamento da fêmea, aos piados que se elevam urgentes. Elas não sabem cantar, só piam, num piar dengoso, exigente. Já a razão do ganhador pode até ser outra para a demora na volta; primeiro sobe e desce, depois circula a gaiola fazendo-se de gostoso para a fêmea (alguns existem que vêm pousar na mão do dono), retoma o voo, como quem calcula, raciocina, pensa os prós e contras, o que faço agora, e se resistir, e se...?

Inútil! A dúvida se esvai. Pouco adianta querer resistir. Logo entra na gaiola, fica se esfregando nas taquaras até que o dono venha, feche a portinhola de cima que dá acesso à rua e que também serve de alçapão, abra a intermediária onde a fêmea se encontra à espera, certa do retorno. Os dois se agradam, se espojam na água, na areiazinha, esquecem o alpiste.

Será que agora, amorável, ela lhe faz um pedido? É que o canário, ferido, mal refeito da luta, abre o bico – e o suave cantar se eleva, canto de amor e vitória, que cobre de vergonha o perdedor, em gaiola ali perto. Ou, mais provável, já foi levado embora.

Os nossos canários acabam de ser soltos. Voam, procurando se adaptar à amplidão que se lhes descortina. Examinam-se à luz da reconquistada liberdade. Estranham. Se aproximam e se afastam em graciosos voleios. Buscam galhos de árvores altas. Pousam. Revoam. Logo, sem transição, ei-los se bicando, se machucando.

Ela (melhor elas), a(s) fêmea(s), acompanha(m) ansiosa(s) o desenrolar, as variações da sorte, o desfecho, torce(m), vibra(m) quando o macho que lhe(s) pertence sai vitorioso, revoluteando contra o azul do céu, abrindo o bico para respirar e para os inevitáveis trinados, que o proclamam vencedor. Ou se cala e recolhe, envergonhando-se caso pressinta a iminente derrota. E envergonhando-a, a ela, que tanto acreditou nele. Ressentida afasta-o, quando se achega para entrar na gaiola. Mas ele teima.

O embate se prolonga. Pelo jeito vai demorar. Ambos os bichinhos são traquejados, de boa tradição guerreira, bons de luta e bons de cantoria. Na ganja ou fora dela. Cada qual tem seus truques.

Sumiram. Escondem-se no alto de uma goiabeira. Dão tempo. Um reaparece. Fugido? Não! Tenta uma jogada. O outro continua sem aparecer. Será que desistiu, se entregou? Também não! Tem lá suas manhas.

Haverá derrota, nesta luta igual? Quem sabe! Talvez empate. Então, quais os motivos para laurear um dos dois? O grupo em redor aumentou. Alguns continuam de cócoras, outros se levantam, massageiam as pernas, as coxas, ficam eretos e se recurvam para movimentar o corpo, há os que vão embora satisfeitos com o empate. O filho da Dona Tamina e do Seo Zé hesita. E nós? Vamos? Vamos, nos acompanham? Se não quiserem, tudo bem. Não somos de impor nossa vontade.

O leitor, caso seja desses eternos insatisfeitos, querendo sempre uma definição, que continue ali. Ou decida logo, escolha entre o acinzentado e o amarelado. De nossa parte, já foram postos na mesa todos os elementos disponíveis.

Em tempo: um distante parentesco existe entre o canarinho-da-telha (ou-do-norte) e o canário-belga, de nobre estirpe, com pedigree, penugem amarelo-dourado, cantar mavioso e solene. O nosso é de cantar rústico (se bem que por igual belo) e bom de briga. O belga se julga melhor dotado, superior. Comenta-se que já ultrapassou a fase da brigaçada. E detesta o parente pobre, ele de um primeiro mundo que desdenha e nem aceita o (falso?) parentesco com o terceiro mundista.

31

Marica – Revide

I — Ainda analfabeto, ele já se deixara encantar por aqueles signos mágicos que certamente iriam lhe desvendar novos e fascinantes mundos, repletos de peripécias e travessuras. Ficava olhando os velhos jornais, a revista *Oriente* que o pai recebia de São Paulo, chamava a mãe, dizia: "me diz que palavra é esta", e ela, "me deixa trabalhar, na escola ficarás sabendo que palavra é". E ele: "mas eu quero, eu preciso agora". Certa vez a mãe leu "avó", e ele, rápido perguntou: "Mãe, o que é avó? Todos dizem que é bom ter avós e nós não temos!". A mãe pensa, tenta explicar, mas não consegue convencê-lo. Ser alfabetizado foi a realização de um sonho, e bem logo estava grudado nos velhos jornais, na revista, em almanaques e até nas bulas dos remédios. Era pouco, queria mais; o "mais" só chegaria ao vencer a timidez e ter coragem de fazer ao poeta-cego João Mendes, dono da livraria, a proposta não aceita de empréstimo de livros; João Mendes contrapropôs: "Leia aqui em voz alta para mim e ambos saciamos nossa sede de leitura". Começaram logo e o trato durou anos, numa dieta variada e confusa...

Era em tudo uma criança igual às outras. Saía para as estrepolias, gostava de uma pelada, preferia ser ponta-esquerda, brincava de esconde-esconde, não perdia banhos no rio Biguaçu, pulava do alto da ponte de ferro, deixando-se ir em direção ao mar, brigava como os outros, num dia batia, noutro apanhava. “Marica”, mal ouviu, nem pensou que fosse com ele, porém a repetição com o riso zombeteiro até dos amigos mais chegados, principalmente quando estava lendo em voz alta na livraria, não lhe deixou dúvidas.

II — É de noitinha. Tinhas ido devolver o livro ao Orlando, lá pras bandas do Grupo Escolar, vocês ficaram comentando as peripécias do Conde de Monte Cristo, a cena que mais te impressionava era a da fuga da ilha-presídio, enquanto ele insistia na traição do amigo. Agora já estás na pracinha, tens pressa de saber como Robinson encontrou Sexta-Feira, não ouves ou finges não ouvir aquele “marica”. Com risinhos o insulto se repete, não tens como não ouvir, te voltas e quem repetiu a palavra acena para os demais, gargalha e grita escandindo as sílabas: MA-RI-CA, retrucas “marica sei que não sou, mas todos sabem que és um burro” e avanças para o outro, mais ou menos da tua idade, entroncado, forte, considerado dono do pedaço. Olhas fixo e ouves mais baixo “marica”. “E daí?”, perguntas. O outro: “ma-ri-ca, te quebro a cara”. Desafias: “Quebra se és macho”. O silêncio é rompido pelo som violento do soco que levas no rosto, cambaleias, mesmo entontecido dás um pontapé no baixo-ventre do outro que, gemendo, te acerta um murro e agora jazes estatelado. Quando percebes o outro se atirando sobre ti, instintivamente rolas o corpo e num instante teu adversário está de cara no chão, te levantas e lhe aplicas forte pontapé. Mais pessoas chegam, ninguém interfere. Os dois dão voltas, se medindo, estão perto de uma roseira florida, se atracam, não tens a força do outro, que logo te aperta o pescoço, as mãos em garra, tentando te sufocar. Jamais conseguirás saber de que maneira te libertaste, acertando-lhe com os dois punhos um murro tão violento que o outro desaba sobre a roseira, enquanto pétalas vermelhas misturadas às lágrimas lhe cobrem o rosto. O "dono do pedaço" soluça, pede que o levem dali, enquanto és aplaudido pela turma e amparado rumo a casa.

32
Espião Alemão

Manhãzinha o boca a boca vara a cidade, vem do Prado depois da ponte de ferro até o Grupo Escolar caminho para Florianópolis: foi preso o espião alemão, não um, O. Três versões: estava escondido em uma carroça, passava de mansinho na pracinha, saía dos fundos da padaria do Prefeito. Dizia o registro: a gente (eram o soldado, o filho mais velho do Seo Abrahão e o filho mais velho do Seo Zé) estava fazendo a ronda, noite de breu, poucas estrelas e nesguinha de lua, quando percebemos um movimento suspeito nos fundos da padaria do Prefeito, prendemos o homem, botamos ele na cadeia.

Lá pelas dez horas o Delegado, depois de abrir a alfaiataria, foi ver o detido, perguntou:

— Tu é nazista?

E o outro:

— Sou o Serafim.

— Tás me gozando é, me respeita.

— Que-que é isso senhor, já disse sou o Serafim.

Não demora a frente da cadeia estava atopetada, uns diziam: pensei encontrar um galego encorpado, quase dois metros, olhos azuis, esse tiquinho de gente...; outros claro, claro, claro, o Hitler é muito esperto, vê se ia botar gente dele aqui, tinha que ser um como este, cara de fuinha, magrinho, pra ninguém desconfiar; porém os mais críticos como o vendeiro-satirista Geraldino Azevedo brincavam: espião alemão não — tinha fome queria pão.

Especulava-se, melhor, afirmava-se com certeza certa, de quem, entre a fortaleza de Anhato-mirim e São Miguel, viu: tarde da noite, depois de vasculhar a redondeza com o periscópio, emergia o submarino alemão, um barquinho inflado ia até a praia, ao encontro do infiltrado que passava informações, principalmente sobre o Vale do Itajaí, também Florianópolis, além de rota dos navios brasileiros que logo seriam afundados. Antes da guerra, para espanto das gentes, foi o Zeppelin, aquele gigante dos ares, prova da força do nazismo, passando pelos céus não apenas numa demonstração, mas com certeza também fotografando o que interessava, para quando Hitler dominasse o mundo.

O preso ficou na cadeia por uns dias, mas aos poucos uma conversinha aqui outra ali, com os dois soldados, com gente que vinha conhecer o espião, com o delegado João Dedinho, ficou-se conhecendo a...

História do Serafim

Meus pais sempre diziam que perderam as terras fugindo dos jagunços durante a Guerra do Contestado. Meu pai não sabe como acabou a guerra. Ele me contava, a gente tinha umas terras, cuidava delas, tu mal tinha nascido, um dia chegam os homens e vão dizendo: vocês têm até de noitinha pra se mandar daqui. Meu tio que era meio estourado foi perguntando: sair pra mode de quê, se a terra é nossa. E os três homens, já meio brabos: que de vocês que nada, o governo deu pros homens que vão construir a estrada de ferro, já disse e não vou repetir tem que sair por bem ou por mal. Meu tio sacou rápido de um revólver e antes que eles tivessem tempo deu um tiro certeiro, o homem tombou morto de cima do cavalo, antes que meu tio pudesse prosseguir foi ele que também tombou morto, não com um, porém com dois tiros, dizia meu pai que o sangue dos dois logo se misturou enquanto os que ficaram desceram do cavalo se achegaram do meu pai e da minha mãe que me tinha no colo gritaram: se fossem outros da segurança dos homens vocês três também levavam bala, nós somos bonzinhos vi que têm dois cavalos, arrepito têm até de noitinha pra juntar o que podem, montar e sumir. Meu pai perguntou e a casa, e nossas coisas, e as duas vaquinhas, os porcos, as galinhas, os homens gargalharam leva tudo no lombo dos cavalos, minha mãe cutucou meu pai e disse vamos, vamos, juntaram os trecos, o que puderam botar no cavalo aonde ia montado meu pai, outro pouquinho onde ia minha mãe comigo no colo e quando saíam ainda viram a casa pegando fogo. Durante dias andaram meio perdidos, comiam frutas, banana, melancia, sem saber como estavam à beira de um rio, a passagem para o outro lado era feita por balsa, perguntaram ao balseiro quanto cobraria para atravessá-los, não hesitou "um dos cavalos", não demora ficaram sabendo que estavam na tal de Itajaí, o pai pescador em Itajaí, minha mãe lavadeira, alugaram uma casinha, só tinham eu como filho, não sabiam ler nem escrever mas fizeram questão de me botar na escola, fiz três anos, até que tudo desandou. Outra vez pé na estrada, dizia meu pai; a vida recomeçou na tal de Tijucas, eu fui trabalhar pra uma família Galotti, tomava conta da fazenda que eles tinham, mas tua mãe fez a asneira de se oferecer pra lavar roupa para uns tal de Bayer, aí ficamos sabendo eram as duas principais famílias de Tijucas, se detestavam, uma não passava na frente do casarão da outra. Pé na estrada, até que acabamos em Três Riachos, era de novo terra sem dono e sem ninguém, encontramos um terreninho com uma casinha, meu pai foi bater na porta, ninguém atendeu, empurrou, entrou, sujeira, teias de aranha e disse para minha mãe é aqui que vamos ficar, ficamos, limpou a casinha eu ajudei já tinhas uns quinze anos, fez um roçado, meu pai era bom no trato da terra, afinal parecia que a gente ia arribar, pertinho tinha um bananal, abacateiros, meu pai logo descia e ia até Biguaçu trocava o que levava por caixa de fósforo, sabão, sal, querosene. Porém a má sina parecia perseguir minha família, de repente minha mãe começou a se sentir mal, um frio que não acabava, quando acabava era um calorão insuportável, ela dizia não sei se vou morrer do frio ou do calor, era a tal da sezão. Meu pai e eu enterramos ela no fundo do quintal, não demora chegou a vez dele, até hoje não sei como consegui abrir a cova e enterrar ele, deixei o cavalo, peguei umas coisinhas saí daquela terra maldita, estava com fome quando cheguei aqui, agora sei que é a tal de Biguaçu, vi aquela casa padaria, dei a volta, a porta dos fundos estava aberta, entrei tomei uma gasosa, comi uns pedaços de queijo da serra, embrulhei pão dormido e um pedaço de bolo, me preparava pra sair quando fui preso.

Serafim tinha uma camisa de pelúcia toda esburacada, uma calça de brim, uma sandália pronta pro lixo e só. João Dedinho providenciou uma roupa nova, deram-lhe um banho, logo se constatou que não tinha nada de espião e brincava-se chamando-o de Serafim nazista. João Dedinho pediu que o soltassem, ele implorou me deixem na cela posso ajudar os dois soldados, foi ficando, sabia fazer contas, ler um pouquinho, escrever outro tanto, passou trabalhar com eles que o deixavam tomando conta da cadeia, era bom de prosa, não demora João Dedinho chega e pergunta: tens os teu papéis Serafim? A resposta foi rápida que papéis seu delegado? E João Dedinho tua certidão de idade, como é que entraste na escola, Serafim riu ora, ora, quem lá pela tal de Itajaí se interessava, entrei na escola e pronto. João Dedinho perguntou: sabes pelo menos o nome completo de teu pais, e Serafim saber sei, Serafim da Silva e Mercedes Coelho da Silva, o alfaiate delegado disse ainda bem, vou falar com o juiz depois vamos no cartório, tens pelo menos ideia da tua idade, Serafim pensou, balançou a cabeça, sei não meu pai dizia que eu nasci meses antes dos homens tomar nossas terras, foi a vez do delegado alfaiate: vamos dizer que foi lá por mil novecentos e quinze, estamos em mil novecentos e quarenta, deves estar com 25 anos.

Já definitivamente brasileiro, Serafim com uma roupinha melhor foi com João Dedinho a Florianópolis, conversaram com o comandante da Polícia Militar e pouco depois ele era o terceiro soldado de Biguaçu; com o pequeno salário alugou um quarto na pensão da dona Veridiana, nas horas de folga fazia bicos, ia ajudar Seo Geraldino ou Seo Salim Gordo, mostrou-se bom de bola, passou a jogar no Guanabara intregando-se à comunidade biguaçuense, por pouco não acabou na Força Expedicionária, que ia combater aqueles nazistas dos quais por meia dúzia de dias ele quase fez parte.

33
Fragmentos de um diário

Um dia outro dia
monotonia, melhor: melancolia

Um dia outro dia
tanta alegria

Um dia outro dia
que porcaria

Um dia outro dia
sempre aprendia?

Sempre? Não!

Dia dia dia dia dia dia dia dia dia dia dia dia dia dia dia dia dia dia dia dia dia dia dia dia...

FIM

O rio dá, o rio toma.

O tansinho entrou na venda, foi logo pedindo "Seo Zé tou com uma bruta sede, me dá uma gasosa, meu pai, é o Serapião sabe quem é sabe, pediu que eu viesse aqui levar duas barras de sabão, uma garrafa de querosene e meio quilo de sal grosso, se estiver em falta o sal pode me dar mesmo um quilo, anote tudo aqui na cadernetinha que depois ele vem acertar as contas".

El hoy mañana será ayer – encontrei a frase num pedaço de papel, gostei, será que havia mais alguma coisa?

Prisão vicia?

A mãe insistiu tanto que certa manhã antes de ir para a escola soltei o passarinho, ao chegar em casa lá estava ele bicando a gaiola, abri o alçapão e mesmo antes de procurar a água e o alpiste ele soltou seu mavioso canto.

As batidas eram fortes, a mulher, com o menino no colo e duas meninas grudadas na saia, correu para abrir a porta, assustou-se: diante dela quatro militares de armas em punho foram logo perguntando "Onde está o Manduca? Precisamos falar com ele" a resposta tímida e assustada "Pra mode quê? Ele fez alguma coisa errada?" o que parecia comandar retrucou "Não, é com ele, me diga onde está" "Tá trabalhando no roçado" "E onde fica o tal roçado?" "Aqui nos fundos da casa, vou chamar ele" "Não senhora, só diga onde é, nós vamos lá".

Foram: Manduca era um caboclo reforçado, devia ter uns quarenta anos, rosto curtido, mãos calosas, com uma enxada cavava os buracos na terra onde jogava algumas sementes. Ao ouvir seu nome virou-se e antes que pudesse perguntar alguma coisa ouviu "Tu é o Manduca, não é?" "Sou sim, pro mode o quê?" "Queremos saber de teu primo Maneca".

"Ele fez alguma coisa?" "Vai me dizer que não sabias!" "Sabia o quê?" "Tava preso, andou roubando umas galinhas logo na casa do delegado Trogílio, condenado foi parar na colônia agrícola de Canavieiras e não é que agora fugiu?" "Lamento, parecia boa gente". "Parecia mas não era, nos disseram que devia estar por aqui". "Seo moço, por aqui é meio vago, aqui onde estou e na minha casa é que ele não está". "Não está mas pode ter estado". "Agaranto por aqui não esteve nem fiquei sabendo nada do que está me contando". "Na delegacia em Biguaçu me disseram que o único parente dele és tu". "Não sei não, até pode ser, a gente se conhece mas nunca fomos muito ligados, nossos pais vieram de lugares diferentes, o dele lá de um tal de Pato Branco, o meu já falecido veio de Passo Fundo, o pessoal dele não se demorou por aqui". "E o que mais podes nos dizer?" "Nada não". "Vamos acreditar em ti, mas se estiveres mentindo podes acabar no lugar dele".

Foi isto mais ou menos o que me contou Lauro Barbeiro, parente da mulher do Manduca.

Vai ver quem está ali, chamou minha mãe. Larguei o chato livro de matemática, fui. Seo Fermiano emendava uma animada prosa com meu pai, encostado nele o indiozinho, ficamos nos olhando sem trocar palavra, não sei quanto tempo isso durou e embora minha mãe me dissesse ao ouvido que eu fosse falar com o menino, não tive coragem. Seo Fermiano queria prolongar a conversa, porém puxado pelo menino se despediu dizendo que voltaria outro dia qualquer, enquanto eu ficava me perguntando o que poderia ter acontecido. Mal três anos se haviam passado, eu já sabia um razoável português, ele também? Onde foi parar aquela nossa amizade, tão próximos que éramos, embora quase só nos comunicássemos através de sinais. Agora eu me interrogava: será sempre assim a futura vida da gente? Encontrar e perder num já companheiros que imaginávamos amigos para sempre?

Passei a noite insone, tentando decifrar aquele mistério, o motivo pelo qual uma simples vírgula podia modificar todo sentido de um verso. Se não cheguei a uma conclusão pelo menos fiquei atento ao que pode uma vírgula, um ponto, um ponto e vírgula fazer em um texto. Vou ver se me explico para mais adiante voltar ao assunto: em página solta de uma revista eu havia lido vários versos em que era preciso encontrar a autoria, me fixei em um deles: "O beijo amigo é a véspera do escarro", em uma seleta eu havia lido todo o soneto e esse mesmo verso estava gravado da seguinte maneira: "O beijo, amigo, é a véspera do escarro".

Se o luar mordisca a ponte
Se rolam tranquilas as águas
Meu violão reclama: Acorde
Só assim se vão as mágoas

Procurei Roberto Galliani, quem sabe ele criaria uma música para aquela quadrinha, o cantor e violonista foi rápido, termina o poema e vamos conversar. Só então percebi que a poesia não era a minha praia. Quem sabe a prosa?

O incêndio iluminou a cidade, não havia corpo de bombeiro e de pouco adiantaram as latas d'água dos que logo apareceram tentando apagar as chamas, em dado momento o que se viu foi uma tocha humana correndo, ao desabar já estava carbonizado. Jamais se conseguiu uma explicação lógica para o fato. Conversei com muitas pessoas, tentei durante muito tempo encontrar uma explicação mas era como se nada daquilo tivesse acontecido e o mistério precisasse ser preservado.

Ti Adão repetia: a vida ensina; Seo Zé: e os livros; Dona Tamina: também a escola.

Até hoje não sei onde a verdade, se é que ela existe, onde está a verdade, se é que ela existe.

Foi depois das comemorações dos 106 anos do município, não entendi bem o que quis dizer Domingos Baiano com aquele *Lá e Cá*, sugerindo que era quase o mesmo o ocorrido em Canudos e no Contestado. Aproveitei uma das frequentes visitas do João Dedinho, ele já havia explicado para o meu pai, mas não se incomodou em repetir: "É que tanto em Canudos quanto no Contestado, os deserdados da terra foram massacrados pelos donos do poder e contra aquelas criaturas humildes mandaram as Forças Armadas, no caso de Santa Catarina não foi só o Exército, foi também a polícia do Paraná, a polícia de Santa Catarina e a segurança do dono da Lumber, que havia ganho do governo concessão de terras com a finalidade de abrir a ferrovia São Paulo-Rio Grande. "Quem sabe mais tarde vais pesquisar a fundo o acontecido" – disse João Dedinho virando-se para mim.

Qual o motivo de ninguém chamá-la pelo nome, era "a mãe do Pedro Maria". Certa manhã chegou na venda de meu pai aos soluços e foi logo dizendo "Seo Zé, não tenho como lhe pagar e preciso comer, o senhor me fia mais uma semana?", meu pai respondeu: "O que a senhora quer, amanhã a vida melhora", a mulher interrompeu os soluços e disse quase aos gritos: "Que melhora que nada, a cada manhã a única melhora que eu vejo é que estou me aproximando cada vez mais da morte".

Eu estava dizendo a meu pai que ia ao circo, tínhamos ganho ingresso para puxar os aplausos, era um cirquinho mambembe mas tinha pelo menos um regular trapezista e uma bela dançarina, meu pai disse "Tudo bem?" eu estava saindo quando ouvi "Buenas tardes con permiso", eu olhei, era um cigano, rosto acobreado, idade indefinida, sem que meu pai dissesse "Suba" galgou os cinco degraus, encostou-se no balcão e, meio a sério meio brincando falou "O senhor também parece cigano", meu pai com aquele jeitão intranquilo de quem jamais se sentiu confortável atrás de um balcão ou mascateando, sonhando voltar a ser qualquer outra coisa, retrucou "Quem sabe? É adivinho?" pronta a resposta "Não-não, mas tenho olhos para ver" e meu pai: "Agora me explique o que viu"., "Antes de explicar, me diga o que acha desse tacho de bronze, desse punhal tão fino, compra um dos dois?" meu pai riu "Comprar? Eu nem consigo vender, estou quase fechando e o que vocês vieram fazer aqui? De onde vieram?", o cigano sentou em uma caixa de sabão Wetzel e com a voz tranquila reclamou "Não basta o interrogatório que nós sofremos na polícia até conseguir ficar uns dias naquele terreno baldio?" "Quem começou – disse meu pai – não fui eu, mas me diz por que as tuas primeiras palavras foram em espanhol? Vens da Espanha? Da Argentina?" o cigano pediu uma cachaça, uma broa de milho e enquanto mastigava ia esclarecendo: "Vim de mais longe, fugido da Alemanha, eu sabia que aquele pintorzinho de merda o Hitler não era boa bisca. Por isso antes que a coisa piorasse, peguei os meus e me mande.

Na Espanha não quis ficar, em Portugal não consegui, acabei na Argentina, mas os ciganos gostam mesmo é de ciganear".

Por que ou para que tão vadias anotações mancham as páginas em branco do caderno escolar? Não sei! Sei: me livrar. Limpar os miolos.

Qual a diferença entre *maktub* e acaso, perguntei a minha mãe; sorriu, seu sorriso breve e claro, marca registrada: "Estava escrito que o destino da família não era viver nos Estados Unidos, acaso foi acabar no Brasil". Meu pai discordou: "Não sei não, afinal eu tinha uma irmã aqui. Pra mim o acaso acontece, o *maktub* existe".

Sempre que ofereciam alguma ajuda a meu pai, ele relembrava o fato ocorrido em Marselha: fomos impedidos de continuar a viagem devido a um problema não diagnosticado nos meus olhos, na agência da Companhia de Viagem me indicaram ali perto uma pensão, aluguei dois quartos, um para o irmão de minha mulher e meu filho, o outro para as duas meninas e nós. Mal tínhamos acabado de abrir as malas, quando um rapaz me avisa que havia alguém na portaria querendo falar comigo. Estranhei, o que poderia ser? Será que afinal iriam deixar que embarcássemos? Desci animado. Na portaria estava um homem de seus cinquenta anos que, num árabe meio estranho, foi dizendo "Fiquei sabendo que o patrício infelizmente não teve como continuar a viagem, vim aqui preveni-lo e ajudá-lo no que for preciso, deve tomar cuidado, tudo no porto é perigoso, por exemplo se tem joias ou muito dinheiro não é bom deixar no quarto". Respondi que não tinha joias mas algum dinheiro, ele cochichou: "Faça o seguinte, pague quinze dias da pensão porque aqui tem almoço e janta, fique com alguns trocados e vamos juntos depositar o que resta em um agência bancária minha conhecida, nem é pelo que pode render, é pela garantia". Subi, minha mulher me desaconselhou "Como é que aquele homem soube de nós?" Eu retruquei "Mas a sugestão que ele dá é boa". Separei dinheiro para pagar os quinze dias da pensão, deixei um pouco para alguma eventualidade e desci. Saímos, andamos por não sei quantas quadras até chegar a uma agência de banco, entramos, o patrício procurou o caixa, falou num francês que pouco entendi, entreguei o dinheiro, recebi um documento; na saída o homem disse que tinha outro compromisso mas logo voltaria ao hotel para conversarmos e saber de Zahle, sua cidade no Líbano, pertinho da minha. Não mais apareceu. Certo dia, vi que estava praticamente sem dinheiro, saí com meu filho de três anos para ir à agência bancária, não encontrei a rua por mais que procurasse. De volta à pensão mostrei o documento para o gerente, que sabia vários idiomas, inclusive um pouco de árabe, ele me disse "Aqui não há endereço, nem há nenhuma referência à importância depositada, é um papel sem nenhum valor".

Meu pai encerrava com um sorriso misto de ironia e amargura: "Até hoje continuo procurando o tão prestimoso patrício e é por isso que não acredito mais em ajudas ou vantagens fáceis".

Fome em nossa casa não chegamos a passar, por vezes até iam amigos provar *kibe* ou *malfufe*, minha mãe era boa cozinheira e do quase nada sabia fazer uma refeição, embora o prato de sustança fosse quase sempre *jadra* (lentilha, arroz, temperos, melhor com cebola frita cortada miudinha); comíamos também camarão, peixe, legumes e frutas trocadas por gêneros da venda, raramente charque ou frango.

Balbec, 13 de maio de 1936.

Querida prima Selma,

espero que vocês estejam passando bem. Já tenham se acostumado e resolvido ficar mesmo pelo Brasil, aí onde moram existem índios e negros? Sentimos falta dos nossos passeios e das nossas conversas. Por aqui vamos indo bem. O Fuad continua trabalhando na livraria, porém hoje ganha mais como fotógrafo e vendendo cartão-postal aos visitantes que não param de chegar até a nossa cidade, procurando coisas de um passado que não sei até onde vai. Escrevo para dar e pedir notícias, mas também por outro motivo, vai para dois anos meu irmão Samir não dá notícias. Será que a prima poderia dar um pulinho até Mato Grosso ver se consegue saber dele? Fico lhe devendo esta, aqui disponha.

carinhoso abraço,
Magda.

Minha mãe leu em árabe e traduziu para o português a carta que a vizinha recebera, mas a partir de determinado trecho, mais ria do que traduzia, lembrava-se de, recem-chegada ao Brasil, perguntar à cunhada se Yussef, que havia ido até a tal de Santa Catarina, voltaria no dia seguinte. Sada respondeu: "Tu pensas que nós estamos no Líbano? No Brasil cabem milhares de Líbanos, e de navio teu marido vai levar até Santa Catarina uns quatro dias, se fosse andando talvez não chegasse lá até o fim do ano".

34

Dois minutos

*

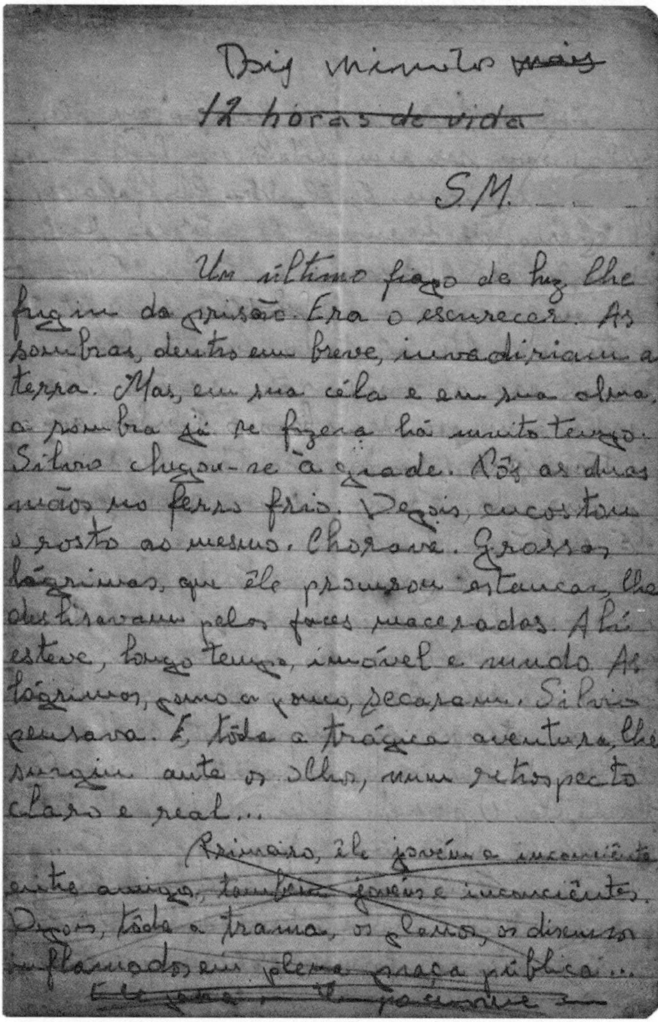

Dois minutos ~~mais~~

~~12 horas de vida~~

S.M.

Um último fiapo de luz lhe fugiu da prisão. Era o escurecer. As sombras, dentro em breve, invadiriam a terra. Mas, em sua céla e em sua alma, a sombra já se fizera há muito tempo. Silvio chegou-se à grade. Pôs as duas mãos no ferro frio. Depois, encostou o rosto ao mesmo. Chorava. Grossas lágrimas, que êle procurou estancar, lhe deslizavam pelas faces maceradas. Alí esteve, longo tempo, imóvel e mudo. As lágrimas, como a [illegible], secaram. Silvio pensava. E, tôda a trágica aventura lhe surgiu ante os olhos, num retrospecto claro e real...

~~Primeiro, êle jovem e inconsciente, entre amigos, também jovens e inconscientes. Depois, tôda a trama, os planos, os discursos inflamados em plena praça pública...~~

~~[illegible]~~

* Texto original do autor. (N.E.)

Um último fiapo de luz lhe fugiu da visão. Era o escurecer. As sombras dentro em breve invadiriam a terra. Mas em sua cela e em sua alma a sombra já se fizera há muito tempo. Silvio chegou-se à grade. Pôs as duas mãos no ferro frio. Depois encostou o rosto ao mesmo. Chorava. Grossas lágrimas que ele procurou estancar, lhe deslizavam pelas faces maceradas. Ali esteve longo tempo imóvel e mudo. As lágrimas pouco a pouco secaram. Silvio pensava. E toda a trágica aventura lhe surgiu ante os olhos, num retrospecto claro e real.

Abre-se a porta, dando passagem a um frade gordo e velho acompanhado de um carcereiro magro, barbado e feio. A escassa luz do corredor lhes ilumina as faces macabras. O carcereiro fecha a porta e acende uma pequena lanterna. A luz trêmula espalha-se pelas paredes sujas e infectas da cela. Um catre, uma cadeira quebrada, uma bilha com água, eis tudo o que se pode ver.

— Boas noites, meu filho. Vim lhe dar os últimos sacramentos. Prepará-lo para o encontro supremo. O carcereiro me disse que você não queria, mas quem sabe o meu filho pensou melhor, se elevou a alma ao Criador...

— Não, padre; deixa-me, não quero nada.

— Mas, meu filho, vai morrer com a alma em pecado, em desespero, sem a esperança da salvação. Pense um pouco, se morrer é doloroso, mais doloroso é viver eternamente no inferno.

Sai. Fecham a porta.

Lembra-se agora que uma noite... mas que lhe vale lembrar o passado, se amanhã...

E terá ele passado que valha a pena relembrar? Bailes, farras, mulheres, brigas, discussões fúteis... Não tem não. Então, se não tem passado não vale viver. Não saberá construir futuro. Ele se conhece; é um fraco. Se não tem passado não tem presente, não tem futuro, porque seu futuro é o hoje que acaba.

E a ideia do futuro novamente o lembra do amanhã. Amanhã, sim. Amanhã é o desconhecido, o fim, o nada, o futuro. Risível futuro o seu. E por que isto? Ele é ainda jovem, quer viver, aproveitar a vida. Que fez ele! Que fez? Nada! Nada!

Matou ele verdadeiramente Juca? Não? É tudo um plano infame urdido contra ele. Não o matou. Ele não matou Juca. Mas e se num momento de exaltação tinha matado mesmo! Durante um grande lapso de tempo não se recorda do que fez. A dúvida lhe invade o espírito. Matei? Não matei?

E esse tempo que não passa. Que noite imensa, Santo Deus, que noite.

Por que não atiram de uma vez? Cinco minutos. Faltam cinco minutos ainda, que tormento!

Um oficial aparece. É moço, elegante, alegre. Dá ordens rápidas. Os soldados se preparam. E ele que até agora se mostrou apático, indiferente, treme sem saber por quê. Todos os seus membros estão lassos, dormentes, moles, esgotados pela noite longa de fadiga. Quer correr, fugir, esvair-se no ar... Que atirem de uma vez! Não consegue se mexer de medo. O tormento destes poucos segundos é inenarrável.

— Apontar armas!

A voz do oficial soa metálica e estranha na madrugada fria.

— Fogo!

E o corpo de Silvio despenca no chão, mole e inanimado. O estampido ressoou nas campinas extensas. Uma leve fumaça se evola do cano dos fuzis. O sangue tinge de uma cor púrpura as pedras do páteo.

A última visão de Silvio é a de um cavalo em disparada e

escuta uma voz que lhe chega muito fraca a gritar:

"Parem! Parem!"

Não viu quando o cavaleiro saltou do cavalo e entregou ao oficial a ordem de perdão. Já estava morto; os olhos muito arregalados e incrédulos... dois minutos mais e teria sido salvo.

— Está bom, bem bom, manda para a revista, manda logo — incentivou João Mendes; Dona Mariazinha, a professora, foi mais cautelosa, "Leva jeito, já te disse antes, mas podes dar um tempo"; dois ou três amigos não quiseram se manifestar; "Não entendi umas coisas"– falou a mãe, enquanto o pai pediu que esperasse, "joga no fundo da gaveta, e volta a ler e reler para decidir mais tarde". Não esperou, estava ansioso, no dia seguinte caprichou no manuscrito e antes que se arrependesse botou no envelope, com o pseudônimo Antônio Queiroz, endereçou à redação da revista *A Cigarra* do Rio de Janeiro, que aceitava publicar poemas, crônicas, contos de jovens estreantes de qualquer parte do país. Foi até o posto do correio. Durante dois dias ficou se perguntando se fizera certo, voltou ao correio para ver se conseguia retirar o envelope, já era tarde. Agora só lhe restava esperar. Para o número do mês seguinte seria impossível, não daria tempo. Ficava ansioso aguardando senão a publicação, pelo menos uma notinha qualquer acusando recebimento e dizendo os motivos pelos quais o texto não seria aproveitado. De qualquer maneira, isso lhe serviu de lição, continuou, como vinha fazendo já há algum tempo, a escrever e rasgar tudo que escrevia até que se sentisse seguro.

35

Diálogo singular

Sultão – Me conta, tu tás sempre juntinho deles faz um tempão, pra quando a tal mudança?
Taira – Mudança? Qual mudança, sei não!
Sultão – Mudança, mudar, ir de um lugar pra outro, não de passeio ou negócio, pra ficar.
Taira – Sei-sei cara-pálida, a gente não veio lá do tal Alto Biguaçu praqui?
Sultão – Cansei de ouvir este causo. Eu não tava com eles. Sei que tu veio depois pelo faro, mas não é dessa mudança que falo: é duma que vai acontecer, não sabes mesmo?
Taira – Sei não, já te disse.
Sultão – Então fica na escuta, presta mais atenção.
Taira – Ah, agora me alembro: outra noite ouvi pai e mãe falando: por aqui não dá mais, habib, vê se te decides.
Sultão – É isso, é isso.
Taira – E tu, como ficou sabendo?
Sultão – Outro dia fomos o rapazote e eu levar uma pessoa pra Ganchos. O homem tinha perdido uma carona. No caminho os dois conversaram e eu ouvi o rapazote dizendo: meu pai agora acha que não dá mais mesmo, com a guerra aí, nem troca de gêneros o pai consegue, é só fiado; e o outro concordou: nós lá dos Ganchos também tamos sentindo.
Taira – Agora me lembro, dona Tamina insistindo e ele ainda querendo pensar um pouco mais.

Sultão – E o que vai ser de nós?
Taira – Eu faço o que fiz da outra vez. Pelo faro vou até eles.
Sultão – Pra ti desse tamanhinho, tudo bem, mas e eu, desse tamanhão?
Taira – Qué que tem a ver o tamanhinho e o tamanhão?
Sultão – Onde vão me arranchar?
Taira – Então ficas por aqui mesmo?
Sultão – Ficar fico, como? Já estou no fim do caminho. Ninguém vai me querer.
Taira – Que nada, tem muita potranca embeiçada por ti.
Sultão – Tu é que diz. Não é isso, gosto deles, sempre me trataram bem, o velho nunca me bateu, e gosto de correr com o rapazote, o sacaninha só uma vez me deu umas lambadas. Tenho sempre uma graminha nova, uma alfafa, até uma pedrinha de açúcar.
Taira – Já vi tudo, tu não quer é deixar o bem bom.
Sultão – Vida boa é a tua, mimada por todos.
Taira – Faço por merecer; mas me diz, será que me acostumo na tal Florianópolis, uma cidade grande?
Sultão – Te acostumas, sim. Eu é que posso acabar largado pelos cantos, tu sabes que trabalho não me assusta, mas quem vai me querer?
Taira – Calma, tamos botando a carroça na frente do cavalo, hoje não vai ter mudança.
Sultão – Tomara que nem amanhã.

36
Apêndice

Aos sete, oito anos, começa a rabiscar em pedaços de papel de embrulho ou nos cadernos de escola, não apenas letras isoladas que completava com círculos e traços, mas palavras inteiras, que começavam por uma determinada letra, assim: casa comida cavalo cavalgar cabelo cortar; ou então: beber bebida babar bafo. Não mais parou.

No início, grafava as palavras cujo significado desconhecia, para lhes buscar o sentido: pronúncia perpendicular palpite. Logo em seguida, frases que tivessem algum nexo: Adalberto atirou-se de mal jeito nas águas do Biguaçu (era comum as pessoas confundirem "mal" e "mau", se ele cometia esse engano, por outro lado, já se preocupava com o ritmo e com a economia no dizer, pois achava dispensável, falando de água, incluir "rio").

A primeira vez que tentou contar uma história, não se deu bem. Tratava-se de um fato ocorrido durante uma aula: a professora chamou um aluno ao quadro-negro e mandou que escrevesse a frase "por ser mais aquinhoado, não devo me julgar superior" e repetisse a mesma cem vezes no caderno escolar; o menino levou também um bilhete para que o pai viesse, no dia seguinte, conversar com ela. O caso é que, embora sussurrado, toda classe e a professora haviam escutado aquele "seu negrinho sarnento", dirigido ao colega. Ele não conseguiu reconstituir por escrito o incidente com toda a sua carga ofensiva e racista. Saiu-se melhor ao contar como tinham conseguido o campinho dos Born, superior aos descampados para as costumeiras peladas, bastou falar com Seo Lúcio Born e dizer que o sobrinho Marcel estava no time. O menino, gozado pelo estranho nome, quase o mais estranho da cidade, explicava tranquilão: "três letras do nome do meu pai, três letras do nome da minha mãe", adivinhe quais. O futuro escriba já se preocupava em mexer com nomes, e Marcel, resultado de Marcos e Celina, de repente virava Celmar, enquanto Omar, tantas vezes ouvido porque o pai não cansava de falar no poeta persa Omar Khayam, virava Ramo, Amor, Roma, Mora e até um acróstico de pé-quebrado: Outra vez – Murmuras pensando – Algumas palavras têm som – Raras sabor.

Queria ser um contador de histórias. Ficou mais atento às conversas na venda do pai, passou a prestar atenção nas gentes, sua maneira de andar, sorrir, falar. Não se cansava dos causos do preto velho Ti Adão, rijo nos seus quase cem anos; jamais explicara se viera da África num navio-negreiro ou nascera em qualquer parte do Brasil, vindo parar em São Miguel. Ti Adão vivera a Monarquia, a República, a Guerra do Contestado, Gegê no Catete e agora esta guerra na Europa. Grande conhecedor de ervas medicinais, respeitado por suas mezinhas, só não aceitava ser comparado ao poeta Araújo Figueiredo, de Coqueiros, repetindo: "ele é 'esprita', tem almas que o ajudam, eu não, eu sou o que sou, sei o que sei e sei o que não sei", menos ainda com Jacinto Silva, de Pagará, que ao receber uma pessoa, já dizia: "te trato sim, porque tu acredita", ou "não te trato não, porque tu veio aqui obrigado por tua mulher ou algum conhecido que veio me consultar e se deu bem".

Outra figura que despertava a curiosidade do rapazola era a mãe do Pedro Maria, lá do Prado. Sem outra preocupação que não a de relatar o que aquela sofrida mulher contava dela e do filho "tanso", rascunhou a história. Voltou a ela em 1943, já residindo em Florianópolis, porém só foi publicada mais tarde; embora já preocupado não apenas em contar uma história, mas também com a maneira de contá-la, não mexeu no texto. Jamais pensou re-editá-la, no entanto eis aqui cinco trechos, com suas impropriedades:

*

A MÃE DE PEDRO MARIA

CERTAMENTE se disser que era uma figura pequena, desapercebida, insignificante, não estarei exagerando. Nêle apenas uma coisa se destacava: a cabeça. Uma cabeçorra enorme, despropositada. Porém o demais era tão sem importância que até a cabeçorra cumia. Ou não? Ou sumia o resto em função da cabeça? Embora menos lógica creio ser a primeira imagem a mais exata. Pois, embora raro, às vêzes pode acontecer uma deformação eliminar, apagar uma pessoa.

*

ALGUMA GENTE 77

te pudesse suportar o pêso de semelhante cabeça. Mas, calmo, Pedro Maria continuava seguindo vida em fora. Indiferente. Um perene sorriso de semi-estupidez na cara balofa.

– Pedro Maria!

– ...nhora...!

– Que foi que perguntei?

– Sei não!

– Onde estavas, onde andas com a cabeça?

Sem intenção, Dona Julieta, a professora, fazia com que a sala inteira caísse na risada, chamando a atenção para fato até ali desapercebido.

* Textos do autor. (N.E.)

espetado, duro; nariz puro, bôca delicada, de moça, e que assentava péssimamente naquelas feições desconformes. A voz vinha arranhando, escapava como o ar de um balão rebentado, ou melhor, semelhava uma pessoa falando com a bôca cheia. As palavras saíam medrosas e investiam contra o ouvinte, ferindo-o

*

Sei hoje que daí provinha, dêsde fato, o receio das mães de que os filhos frequentassem a casa de Pedro Maria.

*

84 **SALIM MIGUEL**

faltam os vocábulos precisos. Desejaria retratar o problema em tôda a sua complexidade. Mas para isto precisaria ter de novo, bem próximo, um caso semelhante. Busca-lo-ei contudo, pois, infelizmente, ainda presistem mundo em fora, situações que permitem dezenas, centenas, milhares de mães de Pedros Marias.

Abril, 1953

Escrever é reescrever e reescrever, é cortar, é vocação, é talento, é persistência, é um permanente corpo a corpo com a palavra.

* Textos do autor. (N.E.)

Nota final

Fato e ficção se inter-relacionam nesta narrativa, misto de memória e imaginação, realidade e fantasia, realidade podendo ser fantasia; e fantasia, realidade. Alguns capítulos já tinham sido publicados, porém sofreram cortes ou acréscimos. O protagonista, intencionalmente, não tem nome, pois o ser humano em qualquer época e em qualquer parte do mundo tem instantes de aproximação; na sua infância, da infância dos demais. Caso o leitor encontre aqui algum fragmento dessa quadra da vida, o Autor dar-se-á por satisfeito e (quase) realizado.

Florianópolis, maio de 2010

Sistema CTcP,
impressão e acabamento
executados no parque gráfico da
Editora Santuário
www.editorasantuario.com.br - Aparecida-SP